对镜

女性的文学阅读课

张莉 / 著

花城出版社
中国·广州

图书在版编目（CIP）数据

对镜：女性的文学阅读课 / 张莉著. -- 广州：花城出版社，2022.3（2024.2重印）
ISBN 978-7-5360-9658-5

Ⅰ．①对… Ⅱ．①张… Ⅲ．①中国文学－现代文学－文学欣赏②中国文学－当代文学－文学欣赏 Ⅳ．①I206.6②I206.7

中国版本图书馆CIP数据核字(2022)第031359号

出 版 人：张 懿
责任编辑：杜小烨　欧阳佳子
技术编辑：凌春梅
装帧设计：介　桑
插画绘制：马钰涵

书　　名	对镜：女性的文学阅读课 DuiJing : NüXing De WenXue YueDuKe
出版发行	花城出版社 （广州市环市东路水荫路11号）
经　　销	全国新华书店
印　　刷	广州市岭美文化科技有限公司 （广州荔湾区花地大道南海南工商贸易区A幢）
开　　本	880毫米×1230毫米　32开
印　　张	7.375　2插页
字　　数	125,000字
版　　次	2022年3月第1版　2024年2月第5次印刷
定　　价	59.80元

如发现印装质量问题，请直接与印刷厂联系调换。
购书热线：020-37604658　37602954
花城出版社网站：http://www.fcph.com.cn

导　读　　文学为什么要分男女

第一篇　　女性身体

013　/ 第一讲 /　我们对身体的态度是如何变化的
　　　　　　　　　　——丁玲《莎菲女士的日记》

022　/ 第二讲 /　怎样才算尊重女性
　　　　　　　　　　——周晓枫《你的身体是个仙境》

030　/ 第三讲 /　谁来定义女性美
　　　　　　　　　　——铁凝《没有纽扣的红衬衫》

第二篇　　女性的自我认知

041　/ 第四讲 /　女性的悲剧处境如何造成
　　　　　　　　　　——鲁迅《祝福》

052　/ 第五讲 /　"为你好"与同化异类
　　　　　　　　　　——萧红《呼兰河传》

062　/ 第六讲 /　"奉献型人格"与好女人形象
　　　　　　　　　　——铁凝《永远有多远》

072	/ 第七讲 /	何为女人的体面
		——毕飞宇《玉米》
079	/ 第八讲 /	怎样理解女性情谊和相互嫉妒
		——苏童《妻妾成群》
088	/ 第九讲 /	女性的"衣锦还乡"与男性一样吗
		——魏微《异乡》

第三篇　爱情话语

097	/ 第 十 讲 /	爱情话语怎样俘虏我们
		——张洁《爱,是不能忘记的》
106	/ 第十一讲 /	金钱能否真正衡量爱情
		——魏微《化妆》
114	/ 第十二讲 /	能像侦破案件一样侦破爱情吗
		——东西《回响》
122	/ 第十三讲 /	女性在爱情中如何成为自己
		——王安忆《我爱比尔》

第四篇　婚姻交响乐

135	/ 第十四讲 /	"不般配"的选择和高贵的婚姻
		——冯骥才《高女人和她的矮丈夫》
145	/ 第十五讲 /	家庭暴力的实质
		——周晓枫《布偶猫》

153	/ 第十六讲 /	离婚就是被抛弃吗
		——铁凝《遭遇礼拜八》
161	/ 第十七讲 /	像植物一样生生不息的夫妻情感
		——迟子建《亲亲土豆》

第五篇　成为母亲

173	/ 第十八讲 /	文学史上的"暗黑"母亲
		——张爱玲《金锁记》
181	/ 第十九讲 /	母亲是否也会被孩子的期待绑架
		——李修文《女演员》
188	/ 第二十讲 /	现代女性如何做到家庭与事业两全
		——作家陈衡哲
198	/ 第二十一讲 /	母亲形象的多样性
		——邵丽《风中的母亲》

第六篇　女性传统

207	/ 第二十二讲 /	关于"老祖母",我们知道些什么
		——乔叶《最慢的是活着》
215	/ 第二十三讲 /	女性写作的多种可能
		——李娟《我的阿勒泰》

结　语　　如何理解女性的价值

导 读

文学为什么要分男女

这门课讲的是女性文学,通过阅读文学作品,思考一些女性生活中所遇到的问题,以对镜的方式进行分析。你可能会觉得疑惑,文学怎么还要分男女呢?这个问题的答案,其实也是我要讲女性文学这门课的意义。

在文学史上被忽视的女性

在中国文学史上,尤其是古代文学史中,大部分的作家是男性。偶尔也会看到一两个女性作家的身影,比如薛涛,比如鱼玄机,比如李清照。但大多数时候,我们看不到集体涌现的女诗人、女词人、女小说家、女戏剧家,世界文学史也是如此,莎士比亚的时代也没有女作家。

为什么会这样,难道是女作家写得很差吗?并不是。首要的原因是,女性受教育的历史相比于男性是短的。在漫长的历史里,女性的受教育权是被剥夺的,而没有受教育权,就直接导致了大多数女性没有书写的能力。这是我们很容易理解的原因。而另外的原因则在于,长久以来我们对女性价值的理解是局限于家庭内部的。在传统社会里,女性价值是在家内体现的,生儿育女、操持家务,照顾丈夫、孩子、老人……这是女性的义务与价值所在。所谓贤妻良母,也是基于在家庭内部对女性价值的褒奖。换言之，在传统社会里，我们对女性的价值判断是在家内，而不是家外。女性写作并不被鼓励，也不被支持。

新文化运动带来的现代女性文学

在古代，中国女性自称"余""奴""妾"，她们生活在家内，偶尔也会在私塾或闺房里认字了，但即使写出了文字，也大多数在书信里或家庭内部流传，不能公开发表。但一百多年前，事情发生了变化。1895年，中国人自办的第一所女子学校开始招生，慢慢地，中国女性才开始有机会和男人一样受教育，接受小学教育、中学教育、师范教育，上大学，当女性们拿起笔写自己的故事，中国现代女性文学传统才开始生成。

从这个时候开始，接受了现代教育的女性，她们开始写下自己的故事，这时候，与自称"余""奴""妾"不同，她们开始使用"我"。不仅如此，她们开始使用白话文写作。新文化运动时期，为了体现对女性的尊重，刘半农创造了一个词——"她"，女字旁的"她"。这个"她"以前是没有的，这是非常重大的发明，这也意味着，女字的"她"和男字的"他"是平等的。这个字非常直观地表明了"他"和"她"有相同的部分，也有不同的部分。

《玩偶之家》中的娜拉说，"我是同你一样的人"——她说的是同丈夫一样的人。男人是她的参照，是一个标准，因为她还找不到别的标准。《伤逝》里的子君说，"我是我自己的，谁也没有干涉我的权利"——表达的是女性个人意志的觉醒，"我"拥有对自己的权利。但是，这个声音是小说人物发出来的，子君是作家鲁迅虚构的人物。现实中如果一位女性要在文学中发声，她得拿起笔写作才可以。

有必要借用伍尔芙的句式来讲述现代女性写作者的发生史：现代女性写作者的诞生，要感谢两场战争，一场是把妇女们从家内解放到家外的"贤妻良母"的战争；另一场则是在五四时代的"超贤妻良母"运动，它为妇女们的解放提出了"堂堂正正地做一个人"的目标。如果说女性走出家庭进入公共领域只是为女性写作提供了客观条件的话，那么五四新文化运动的发生，则为现代女性写作提供了创作者——一批具有现代主体意识的女性。这些女性是勇于用"我"说话、勇于发表对社会的看法、勇于表达爱情、勇于内心审视、勇于向传统发出挑战的新青年，是与男性青年并列走在时代潮头的女性青年。

如果把中国现代文学理解为"用现代文学语言与文学

形式,表达现代中国人的思想、感情、心理的文学",那么,这也就意味着女性文学史,其实还是现代女作者出现的历史、是具有"现代精神"的女性文本如何生成的历史。

你看那些最早的现代女性作家的生命轨迹何其相似:逃离家庭、接受新文化教育、自由选择婚姻、自由写作,这既是庐隐、冯沅君、白薇的生命经历,也是丁玲、萧红等人的人生体验。人的意识和女性意识的苏醒使她们参与现代文学的书写,并且,她们开创出现代女性写作的传统。

当然,在今天的我们看来,冰心、庐隐在1919年、1920年写的作品并没有那么好,她们最初的表达不连贯,也不流畅,她们喜欢写别人的故事,不敢写自己的故事——她们需要时间去寻找自己的声音,需要去不断地练习,如果不像鲁迅、周作人那样写,那应该怎么写呢?

直到丁玲、萧红、张爱玲的作品发表,我们会发现,女性写作和男性写作所使用的腔调和视角如此不同。她们实实在在地丰富了现代汉语表达,而写作成就又是可以和男性比肩的。我的意思是说,中国现代女性文学,从1919年算起,只有一百多年的时间,因为和漫长的男性文学传统相比,女性文学的传统非常短,它需要女性读者、女性作家一起来建立，所以我们要强调女性文学。

强调平等，尊重差异

如果你对一位女作家说，"你写得一点也不像女人写的"，一般情况下它会被当作一种褒奖，夸奖者和被夸奖者都默认。可是，几乎很少有人会对一位男作家说，"你写得一点儿也不像男人写的"，因为大家明白这个评价并非夸奖。这便是我们习焉不察的文学事实。这说明，我们对一部好作品的判断其实是有一个潜在标准的，或者说，长久以来有一个潜移默化的认知，这是基于男作家创作情况下所生成的一个标准。

所以，面对那些反对女性写作、强调文学没有男女之别的观点时，我们其实应该想一想，我们是不是在为了达到某些普遍的、一致的、整齐划一的标准而无视那些不同呢？今天讨论女人、女性身份、女性文学、女性立场，其实不是为了排斥什么，而是为了更好地理解。在女性的声音、女性的属性、女性文学被忽略的情况下，关注女性、强调女性其实是一个基本常识，我们讨论女性文学，实际上是为了寻找更重要的平等，是让女性的声音、女性的立场和女性在写作方面所取得的成就被更多人知道。

女性主义批评带来更多视角

谈论女性文学，首先是谈女作家作品；另外，也要谈到作为读者的女性，来自女性视角的阅读，很多时候我们将基于女性视角的批评笼统地称之为女性主义批评。简单来说，女性主义批评就是站在女性立场去理解问题，比如《阁楼上的疯女人》，评价的是《简·爱》这部作品。《简·爱》的故事是一个独立自强的女性和庄园主罗切斯特之间的爱情故事，因为女性主义批评，简·爱的故事有了另一种读法。

如果站在罗切斯特的角度，你会觉得阁楼上的女人是个疯子；如果你站在简·爱的角度，你会觉得那个疯女人阻挡了她的幸福。可是，如果站在疯女人的角度呢？她其实是被社会压迫的失声的女人，如果她可以说话，那么罗切斯特很可能是一个残酷无情、令人厌恶的男人。在此以前，我们习惯站在简·爱的角度，疯女人和她虽然都是女性，但是立场、视角并不一样，这让人意识到，其实在女性群体内部也是有阶级、阶层和立场之分的。

比如说在《红楼梦》里，贾母的立场和刘姥姥的立场是不同的，虽然她们同属女性，但是因为阶级、阶层和立场的不同，她们看世界的角度完全不同。站在男人的角度看问题，和站在女人的角度看问题，站在贾政的角度和站在贾母的角度，有可能是不同的；同为女性，站在贾母的角度和站在刘姥姥的角度，看世界的方式也不一样。

女性视角其实通常是边缘的、弱者的、被忽视的角度，从这个角度出发，会让你看到这个世界的丰富性和人的多样性。当我们站在阁楼上的疯女人的角度看世界的时候，就会发现我们对《简·爱》的理解多么单一。女性批评方法会让我们看到不应该忽略的、更广阔的世界，也可以更好地去理解作品。

回到最开始的问题，为什么要强调女性文学，因为女性文学里，有被普遍忽略的女性的视角、女性的感受和女性的立场。

这门女性文学课，不是高深的，它是在普及常识，它强调女性视角、女性立场。强调女性视角，不仅仅是强调女作家作品里的视角，也要站在女性视角去解读男作家的作品，去认识那些男性作家笔下的女性。只有这样，我们眼中的真实世界和我们所阅读的文学世界才会更复杂、更多元，而非更单一、更封闭。这就是我们为什么要学女性文学，要理解女性文学作品的原因。

基于女性问题，同时立足于文学阅读是此书的基本宗旨。二十三讲中，包含了对当下热门女性问题的思考，如理解女性身体、女性美，爱情中的金钱与性，婚姻的恩爱和离别，母亲形象的多样性……也涉及女性的传统和女性写作的源流等等。我所尝试的，是以女性视角和女性立场解读文学作品，用以疏解我们今天的困惑和精神疑难。

整体而言，这本书所追求的是，和最普通的文学读者一起共赴文学世界：那里既有曲折生动的戏剧冲突，也有舒缓迷人的情感故事，它们能带给我们普通生活之外的精神愉悦。

好，接下来，就让我们一起走进女性的文学阅读课吧。

第一篇

女性身体

第一讲　我们对身体的态度是如何变化的

——丁玲《莎菲女士的日记》

我们应该都听过一句话，叫"我的身体我做主"，这句话代表了女性对自我身体的拥有权，在今天已经成为常识。但是，女性对自我身体的自主掌控权，并非与生俱来，它经过了漫长的历史过程。今天讨论的这部《莎菲女士的日记》，发表于九十多年前，是一部有关女性如何书写自我身体的小说。当年，这部作品之所以惊艳世人，在于它毫无遮拦地剖析了女性的内心世界、内心起伏以及以往不敢为外人道的部分，从而挑战了当时传统文化对女性的要求和定义，这在整个中国文学史上，都具有里程碑意义。

任何一个文学文本的出现，都有赖于它所处的社会文化土壤，《莎菲女士的日记》也不例外。所以，我想通过这部作品谈一谈女性对身体和贞洁的态度在历史上特别是文学史上,是如何发生变化的。

解放女性身体,是社会现代化的表现

《莎菲女士的日记》发表于1928年《小说月报》。年轻的丁玲名不见经传,她的第一篇小说《梦珂》是时任《小说月报》编辑的叶圣陶先生从自然来稿中发现的。很快,这位女作者又带来了《莎菲女士的日记》。小说由三十四则日记组成,是主人公莎菲的内心独白。日记非常直白地袒露了女主人公的内心欲望,写下了莎菲对性爱统一的爱情的渴望,也写出了自己的失望和痛苦。小说中有一段话,非常有名,常常被引用:

> 是的,我了解我自己,不过是一个女性味十足的女人,女人只把心思放到她要征服的男人们身上。我要占有他,我要他无条件的献上他的心,跪着求我赐给他的吻呢。我简直癫了,反反复复的只想着我所要施行的手段的步骤,我简直癫了!

茅盾曾经评价说:"莎菲女士是五四以后,解放的青年女子在性爱上矛盾心理的代表者。"说得非常准确。这部小说之所以如此重要，就在于女主人公展现出来的是性爱的矛盾心理，是对掌控自己身体的期盼和对男人身体的渴望。在今天看来，也许算不上什么惊天动地，但如果放在1928年，还是令人震惊的，它也代表了当时青年一代对新的情感生活的理解。

清末及以前，中国女性对自我的身体是没有自主权的。"在家从父，出嫁从夫，夫死从子"，这些话也说明古代女性自身的附属性。那么，女性身体的意义是从何时开始被重新发现、被解放的呢？

在清末，尤其是甲午战争之后。那是一个民族国家危亡的时刻，出现了"东亚病夫"这一说法。知识分子开始在报刊上讨论如何才能国富民强。当时有个说法很流行，"女性乃国民之母"——因为母亲身体不好，所以生下的孩子身体不好，这影响了国运，因此，女性的身体健康应该被重视，女性国民的素质应该被重视。在这里，女性身体的重要性被强调，这一重要性主要在于生育功能，在于要为国家生育健康的国民，而女性是否有自由处置身体的权利，在当时并没有展开讨论。

关于贞节的广泛讨论则是在五四时期，日本一位女作家与谢野晶子的论文《贞操论》被翻译过来，这篇文章对中国社会当时的贞操观念带来巨大冲击。文章一开始,与谢野晶子说:"我们的希望就是要脱去所有虚伪、所有专制、所有不正、所有不幸,实现最真实、最自由、最正确而且最幸福的生活。"她对旧的贞操观念提出了质疑,这一质疑有两个重要视角:一是,男人和女人是否都有贞操?二是,贞操是属于精神还是肉体? 提出问题之后,与谢野晶子认为,对于男人来讲,他没有贞操道德的自发要求,社会也没有强制;而对于女人来说,做了妻子,即使夫妇间没有爱情,她不爱这个男人,或她已经爱上了别人,但只要跟着丈夫,只要她的身体不出轨,这个女人便要被称作是贞妇。这些在她看来是一种虚伪。

与谢野晶子说:"我对于贞操,不当它是道德,只是一种趣味,一种洁癖。既然是趣味、洁癖,所以它就没有强迫他人的性质。"所以在这位作者看来,贞洁不是必需的,因此那种旧道德的说法,就完全不足为信。那是在1919年的中国,与谢野晶子的说法,颠覆了整个中国社会旧有的性道德观念,是一种女性身体观念的解放,这对于当时的青年读者有巨大冲击。

贞操问题引发了一系列的讨论,许多著名学者都写了文章参与,比如胡适写了《贞操问题》《论女子为强暴所污》,批评那种"饿死事小,失节事大"的理学谬论;鲁迅写了《我之节烈观》，他说："节烈这事是：极难，极苦，不愿身受，然而不利自他，无益社会国家，于人生将来又毫无意义的行为，现在已经失了存在的生命和价值。"在今天看来，这些文章可能有些老生常谈，但是如果把它放回到历史语境，就会发现是这些论述构建了我们重新理解女性身体观念的基础。

尤其要提到的是，当时写贞操论、贞洁论，对贞操问题发言，号召对女性身体进行解放的，都是男性，这是非常有意思的。当然，首先因为中国当时还是绝对意义上的男权社会，女性在社会上几乎没有话语权；另外也说明，女性解放从不是只靠女性自身完成，从历史上来看，也都是由当时的精英知识分子和女性先锋人物共同努力，然后波及女性整体的觉醒。

女性身体观的变化

就是在这样的基础上，我们可以看到，五四时期青年女性的觉醒，其实是现代身体观念层层渗透的结果。为什么子君能说出"我是我自己的，谁也没有干涉我的权利"，很可能因为作为女学生的她阅读了《新青年》杂志，这样的讨论，对她观念的解放有引导作用。

一些关于女性身体欲望的文学书写,慢慢出现松动。如冯沅君的《旅行》(1923)里,主人公"我"要和所爱的男人一起逃离封建家庭。离家出走。两个人在电车上手拉手,深感骄傲。鲁迅在《〈中国新文学大系·小说二集〉序》中曾引用过冯沅君小说里的话:"我很想拉他的手,但是我不敢,我只敢在间或车上的电灯被震动而失去它的光的时候,因为我害怕那些搭客们的注意。可是我们又自己觉得很骄傲的,我们不客气的以全车中最尊贵的人自命。"引用之后,他评价说:"这一段,实在是五四运动之后,将毅然和传统战斗,而又怕敢毅然和传统战斗,遂不得不复活其'缠绵悱恻之情'的青年们的真实的写照。"

破坏旧有的身体道德观念,按个人意志和相爱的人在一起,这在当时被认为是伟大和崇高的。女性的身体观念也由此开始发生微妙的颠倒:之前女性身体是听别人的,五四运动之后,身体要听自己的,这已经成为一种新的道德和理念,拥有这种理念的青年通常被认为是"新青年"。

在这样的历史背景下,我们就能理解,为什么说1928年丁玲的《莎菲女士的日记》具有里程碑意义了。这篇小说里,有一种大胆的凝视,是女性作为欲望主体对男性身体的凝视。莎菲开始意识到自己的欲望，她坦然确认自己的欲望并反复表达：

> 他，这生人，我将怎样去形容他的美呢？固然，他的颀长的身躯，白嫩的面庞，薄薄的小嘴唇，柔软的头发，都足以闪耀人的眼睛，但他还另外有一种说不出，捉不到的丰仪来煽动你的心。比如，当我请问他的名字时，他会用那种我想不到的不急遽的态度递过那只擎有名片的手来。我抬起头去，呀，我看见那两个鲜红的，嫩腻的，深深凹进的嘴角了。
>
> 我能告诉人吗，我是用一种小儿要糖果的心情在望着那惹人的两个小东西。但我知道在这个社会里面是不准许任我去取得我所要的来满足我的冲动，我的欲望，无论这于人并没有损害的事，我只得忍耐着，低下头去，默默地念那名片上的字："凌吉士，新加坡……"

小说中，观看主体是莎菲——这位女孩认识到身体是自己的、欲望是自己的，凌吉士的"颜值"很高，但空有皮囊，那么，应该爱一个人的身体还是爱一个人的灵魂？这是两难的问题，这个问题一直困扰着莎菲。当然，最后她做了决定，要离开凌吉士。

《莎菲女士的日记》不仅荡涤掉了之前对于女性身体的那种束缚，而且在关于女性身体的理解方面也进了一步：女性身体的主动性在于她可以不"贞洁"，可以勇敢地去追求自己喜欢的东西，直面自己的欲望、直面自己的身体。

从"饿死事小，失节事大"，到"我是我自己的，谁也没有干涉我的权利""我想爱谁就爱谁"，再到今天"我的身体我做主"已经由先锋观念变成普通观念，这个过程经历了大概一个多世纪的时间。女性身体观念的重大变化跟知识分子的启蒙，跟文学作品的传播有重要关系。

今天我们如何看待贞洁

"今天我们如何看待贞洁"，是重读丁玲作品的动力所在。现在微博、微信或者公共空间里，有很多关于女性身体的腐朽没落观念在死灰复燃。所以，回顾现代身体观念的轨迹，并不仅仅是重新看历史，实际也在观照我们当下的生活。"我的身体我做主""我是我自己的"，这些观念不仅对1919年的人们有革命意义，对于一百年后的我们也依然重要。

·*Tips*·　《莎菲女士的日记》发表于《小说月报》1928年第19卷第2号。这部作品由主人公莎菲的34则日记构成。小说以第一人称、日记体形式讲述了女学生莎菲在北京养病期间与苇弟、凌吉士两个男人之间的纠葛与矛盾，表达了一位现代女性在爱与欲之间苦苦挣扎的心路历程。小说反映了五四运动退潮后，新一代女青年走出校园，来到社会之后的孤独、苦闷、彷徨。

第二讲　怎样才算尊重女性

——周晓枫《你的身体是个仙境》

如果你跟现在的女孩说起身体话题，我相信大多数时候，大家会兴致勃勃地聊减肥、健身、医美、护肤等，今天很多女孩甚至会把收入的一大部分都花在让自己变美这件事上。毕竟，现在互联网上，充斥着对美丽女性的迷恋、对女性身体的赞美，每年到了3月8日，还有商家打造出来的女神节、女王节等。这些称谓很容易让我们陷入一种幻觉，也会觉得女王、女神似乎是对女性尊重的表现。但是，对女性的过度美化，只展现女性美好的一面，真的是对女性的尊重吗？

小时候读文学作品，里面的女性美好、纯洁、美丽，身材十分妖娆，甚至"灵魂带着香气"。不管是纯文学作品还是通俗文学作品，都喜欢这样写，仿佛这些女性生来就是美的，仿佛她们从不食人间烟火。很多文学作品里，几乎看不到我们在日常生活中所遇到的身体，甚至女主人公们也不会经历一般女性在日常生活中会经历的那些窘境。所以，年轻时代，爱读小说的我读了很多文学作品里对女性身体的美化后，再回看自己，会觉得自己没有那么美好，自己的身体和文学作品中所书写的身体并不一样，这给我带来很大的自卑感。成长后跟朋友聊天发现，有这种困扰的并不是少数。这种美化身体的书写，的确会对女性的自我认知、女性的价值观，形成隐秘的重要影响。其实，这样的文学作品也不是真正优秀的文学作品，优秀的文学作品首先在于要勇敢面对和表达世界的真相、女性的真相、身体的真相。

萧红笔下的女性身体

萧红在20世纪30年代写过一篇小说《生死场》，这部作品在文学史上有着重要的地位。《生死场》写的不是我们常识经验里的村庄，并不是风和日丽，其乐融融，她写的不是美好的村庄：山羊睡在荫中；罗圈腿孩子钻入高粱群；老王婆像猫头鹰一样述说着她无穷的命运……《生死场》写的是麦场、菜圃、羊群、荒山、野合的人与偷欢的动物、生产的女人。她写两个青年男女相遇了："他的大手敌意一般地捉紧另一块肉体，想要吞食那块肉体，想要破坏那块热的肉。"这部小说里有很多惊世骇俗的身体书写。

《生死场》写人身体的丑怪，也写患病女人身体的肮脏。因为当时的医疗条件落后，女人生产时非常恐怖的状态被萧红书写下来，她也书写了女性面对性爱时的恐惧。这看起来一点都不像以往的女性写作，前辈女作家们的书写是温婉的、柔和的，可萧红的不是，她的色彩硬得浓烈，而不是素雅的。前辈女作家想到自己的书写可能会导致别人怪异的目光或者奇怪的流言时，会停下笔，可是萧红不。这个女作家像接生婆一样注视女人们的分娩，看着作为负累的女性身体撑大、变形、毁灭。这样的写作者其实是无畏的、勇敢的，因为她把女性当成了女人而不是女神。也就是说，年轻的萧红把她对于女性身体的恐惧、厌憎都写了出来，这跟冰心的写作非常不同，冰心笔下的女性身体，是冰清玉洁的、是去情欲化的，某种意义上，是圣洁化了的身体。

周晓枫笔下的女性

作家周晓枫的《你的身体是个仙境》是一篇让我们重新认识身体的作品。这篇散文写的是一个女性从童年、少年、青年到中年的身体。文章开头是去看一位刚生完孩子的女友,她的脸和身材都变形得厉害,她抱着满身通红的褶皱婴儿。还向"我"出示剖腹产的刀口。

作者直接面对女性生育——生育当然是美好的,但它与血污、伤口、身体变形等相伴生。在这本书里的"我"非常讨厌自己的身体,不喜欢皱纹、疤痕、赘肉、斑点、茧子和气味。事实上,"我"曾经做过一些自残身体的举动:

发育期用尺寸极不相适的胸罩束缚自己,我认为穿上紧身毛衣显现的起伏岂止不雅,更是羞耻。每次要花费长时间才能艰难地系上那几粒半透明的小塑料扣,我冻得嘴唇冰凉,当终于成功,纯棉胸罩马上如坚固的铁丝紧勒肋骨。连睡觉都不松开扣子,我以为长此以往,就会拥有男孩子般的平伏胸膛。乳房下面贯彻到后背的那道暗紫伤痕,数年不愈,因为有时会勒出血,洗澡的时候我忍不住在冲沸而下的水流里偷着流泪。

羞愧感就这样如影随形。因为生活在北方,叙述人每次洗澡都不愿意看到自己的身体,总是趁着浴室里雾气蒙蒙的时候匆匆洗完离开。事实上,《你的身体是个仙境》里表达了许多女性对自我身体、对自我的厌弃:

> 说到底,我不喜欢自己的女性角色,觉得上帝让我做女孩是种处罚。尽管为我热衷的文学作品里充满对少女和母亲的咏唱,依然不能有所安慰。女性因为孕育受到赞颂,她们身怀人类的未来——但我也知道这是对子宫和阴道的美化。神圣的诞生之地,让我联想到已获得的科普知识,我难以在其间维持平衡。我知道,某些鱼类、鸟类、两栖类和爬行类等动物,它们的肠道、输尿管和生殖腺的开口都在一个空腔里,这个空腔叫作泄殖腔。我嫌脏。
>
> 成熟各有标志,但对许多孩子来说,了解生殖秘密都是一个重要裂变,它撕开洞见黑暗的口子。我从乖巧变得叛逆,有时挑衅地跟母亲顶嘴。她曾经是我以为世上最完美的母亲,但她,竟然暗中辜负我……我不能解释我的委屈和敌意。明白了途经阴道的出生,我心理不适,对母亲和自己都怀有轻视。

文章中的这些话，其实代表了我们很多人对女性身体的理解，也代表了我们对女性身体生育功能的理解。这种对身体的回避，或者说对自我身体的厌恶，是多年以来文学作品中对女性进行美化、神化所造成的后果。文学作品或艺术作品中的女性是神，而日常生活中的女性身体则是丑怪。这种对身体的分裂理解会慢慢内化于女性自身，变成我们的自我理解。今天有很多对女性的身体羞辱，指责女人的身体不符合某种规则，不符合某种标准，实际上都是外在的条件、外在的判断，是另一种对女性的物化规则。当然，《你的身体是个仙境》的最后告诉我们，那些厌弃、那些抵触都是错的，其实我们可以也应该享受身体所带来的一切欢愉。

真正的尊重女性，是尊重她的疾病、疤痕、衰老

到今天，一位本科生和我讨论，她有次看到社交媒体讨论女人生育后的屎尿屁问题，非常惊讶，她从来没有想过生育与那些"不洁"有关。后来她回家问过妈妈，才知道妈妈因为生育有些后遗症，比如尿频。她说她很怕生育，决定以后再也不要小孩子。当然，这很可能是她赌气这样说。我和几位女性小范围讨论过女性身体这个话题，

身体是自然的,不应该有身体羞辱这回事。而人的存在、人的肉体本身就是美。只有把女人还原为一个日常的、能够承载生老病死的身体时,才是真正对女性身体的尊重。记得那天我们还讨论过,大家为什么喜欢用滤镜或者美颜,很可能因为我们不愿意正视滤镜背后那个"我",我们不愿意正视那些斑点、皱纹,不愿意正视身体的不完美,不愿意面对真实的"我"。

最后我谈一篇散文,《三八节有感》,这是丁玲的著名散文,关于女性如何独立生活、如何自我完善。首先,她从不把女人当作"永远引领我们上升的伟大女性",而把女人当作人:"她们不会是超时代的,不会是理想的,她们不是铁打的。她们抵抗不了社会一切的诱惑,和无声的压迫,她们每人都有一部血泪史,都有过崇高的感情……"因此,女人首先要自强:"不要让自己生病""使自己愉快,只有愉快里面才有青春,才有活力,才觉得生命饱满,才觉得能担受一切磨难,才有前途,才有享受。""用脑子。最好养好成一种习惯。改正不作思索,随波逐流的毛病。""下吃苦的决心,坚持到底。生为现代的有觉悟的女人,就要有认定牺牲一切蔷薇色的温柔的梦幻。"

我一直很喜欢这篇散文,原因在于作家把女性平等对待，只把她们当作普通人。那回到我们最初说的那个问题，真正的尊重女性是什么样子？实际上，真正的尊重女性，是尊重她的疾病、疤痕、衰老。女性和男性在生理层面上都是肉身。一个六十岁也渴望当少女的女性当然值得尊重，但是六十岁时只想做六十岁女人也不必羞耻，那是对自然的"我"的坦然接受。要有勇气面对生命自身、身体自身，要接受没有滤镜的自我和身体，因为那样的身体本来就是自然，就是美。

Tips

《你的身体是个仙境》发表于《人民文学》2003年第6期，标题取自第45届格莱美最佳男歌手约翰·梅尔的同名歌曲《Your Body Is A Wonderland》。周晓枫化用了这首歌曲名作为散文的标题，作品精微记叙了不同阶段的身体变化带给女性的感受，写出了女性从厌恶自己的身体到最终与身体和解的经历，进而传达了一种既有独特性又有共通性的女性经验。

第三讲　谁来定义女性美

——铁凝《没有纽扣的红衬衫》

究竟什么是女性美？

人们常说，美应该是多元化的，关于这一点，我相信生活在今天的人肯定会表示赞同。但是，事实果真如此吗？互联网上，大多数人对女性美的理解几乎已经趋同，似乎就是白、幼、瘦。不管是女明星、网红，甚至是像董明珠那样的女企业家，都不能逃脱被这个标准评价的命运。那么，这个对女性美的评判标准如何确定，是来自女性自己对自己的要求吗？

"女性美"随着时代的发展而变化

女性美的标准,从来都不是一成不变的,它随着时代的发展而变化。比如唐朝人以丰腴丰满为美,到了宋代,女性就以弱不禁风为美,而在漫长的历史里,汉族女性都有裹脚的习俗,以三寸金莲为美,直到一百五十年前,主流社会依然认为小脚女人是美的。

当然,这一切,在20世纪初发生了变化。现在,让我们先回忆一下曾深深印刻在脑海里的那些五四女学生形象吧。首先,女学生的形象是可以远远辨认出来的。她们具有某些符号化的东西:白色或淡青色的上衣,玄色或者黑色的裙子。天足、短发、球鞋,手里可能会有本书。她们的面色是素淡的,有时候也会有眼镜。除了外表之外,她们的精神气质也发生了变化。1917年,一位久别故国的留学生注意到,女孩子们"过去的羞怯之态已不复存在。也许是穿着新式鞋子的结果,她们的身体发育也比以前健美了"。这些女学生们,"与她们的母亲已经大不相同"。著名的漫画家丰子恺,为当时的母女两代画了一个经典的漫画:母亲是长襟大衫,小脚,身材短小,面无表情,而她的女儿,则是短发,天足,短裙,手里拿着网球拍,面色活泼。

如果我们看民国杂志也会发现，当19世纪末的女孩们进入学堂时，她们的形象与丰子恺漫画中那位母亲并无实质不同。但是，将近二十年的时间，五四女学生的形象则发生了深刻而显著的变化——从身体形态到精神面貌都变了：足开始解放，发开始剪短，体态开始矫正，一种无法看到的力量在"改造"女性身体的各个部位，使之变成了我们印象中的女学生形象。

我想说的是，一百年前，中国发生了巨大的变革，从清末开始，就有了不缠足和兴女学运动，随着辛亥革命、五四运动之后，也有了剪发运动，女性解放、男女平等的思潮。女性的头发、服饰、脚都发生了重大变化，这首先是对女性身体的解放，让女性行动更自由、更方便。其次也可以看到，五四时期所认为的女性美和清末已经有了极大不同，以前认为的小脚是美的，现在则变成了不美，以前丑的则变成了美，比如天足。从这样的角度出发会发现，女性美是流动的，是变化的，美和丑的标准甚至会发生反转。

美，其实是被定义的

那么回到我们开头的问题，掌握定义女性美权力的，是女性吗？并不是。主流社会对身体的价值判断会以"细微"方式，扭转着女学生们的审美。当时放足的时候，有一些女性拒绝放足，依然愿意裹脚。因为在她从小的教育里，小脚的女性就是美的。在她的审美体系里，只有小脚才可以让她更好地找到理想的丈夫、建立美满的家庭。也就是说，在这些女性潜在的意识里，未来的丈夫必定喜欢小脚，而自己的脚越小，他就会越喜欢。

清末杂志上曾经登载过这样的一个故事。一位女性经由媒妁之言，父母之命，跟一个男人结了婚，而这个男人是留学回来的。新婚之夜，丈夫显示出对小脚的厌弃，他认为裹了小脚的女人是丑陋不堪的，同时丈夫又是从国外学医归来的，知道裹脚是不健康的。于是，为了让丈夫爱自己，并让他觉得自己是美的，这位女子不得不去放脚。裹脚很痛苦，放脚也很痛苦。但是即使忍受着这种痛苦，她也愿意去放脚。不是因为健康，不是因为文明，而只是为了丈夫喜欢。男人观念的变化确确实实地影响着女人对美的理解。这是发生在清末民初的真实事件。

"女为悦己者容"——为了让那个人看到自己的美，所以她要裹脚或者放脚。女性追求时髦或者风尚时，实际上经常处于被裹挟的状态。

女性拥有自己定义美的权利

我小时候读过一篇小说,叫作《没有纽扣的红衬衫》,作者是著名作家铁凝。小说的主人公是十六岁的女孩子安然,她喜欢穿没有纽扣的红衬衫,并因此成为他们班里非常特立独行的姑娘。这姑娘诚挚、真率、无邪,有一种特立独行的美。——相对于身形纤细的女孩子,她是圆圆的脸,一米六几,一百三十多斤,健康而有活力的体型,喜欢跳"双摇"。她自信、自尊、不盲从。她直接表达与师长父母不同的意见,她毫不掩饰地指出他人的错误、"假正经";她用自己的眼睛看世界,并不人云亦云;不伪装,也不讨好他人。她活得简单、直截、坦然。为什么要在不想笑的时候笑;为什么要看人脸色吞吞吐吐表达?这个女孩子渴望有好的人际关系,却绝不是"讨好型"人格。她不是为了让别人喜欢她而活。自在、自然、大大方方,安然就像北方平原里倔强生长的白杨树一样。在如何光明正大地建设与他人、与世界的关系方面,安然为当年的我们做出了榜样。

这是主体性强大的青年。面对常常争吵的父母,面对安宁而心地善良的姐姐,面对势利俗气的班主任……安然常感到困惑和不安。人本应该按照自己的本心而活,但是,她的世界里,却有这么多的困扰和心结。为此,安然对那些陈旧的生活方式说不,她努力成为想要成为的自己。

对于新时期文学而言,这个名叫安然的女孩子如新生的太阳,穿越灰暗和尘埃;又如春风一般,为当代文学带来凛冽而清新的鲜活之气。她使我们意识到,每个人都应该对生活怀抱美好的渴望,每个人都应该依照心目中的自己而活。事实上,小说也写出了生活的另一种面向。原来生活中有那么多好玩儿和有趣的东西!烤白薯,好喝的酸奶,还有舒适的代表成年人生活的双人床……小说展现了我们生活中那种微小而切肤的欢喜,那是真正明亮而有实感的日常。由此,这部小说拓展了当时人们未曾见识的生活向度,"生活"在这部作品里不是抽象的而是具体的,"生活"不是用来想象的而是需要用肉身来感知的。因为切入了具体的人与生活细节,读《没有纽扣的红衬衫》会兴致勃勃。

这样的一种女性形象,看起来和以往的那些女性有非常大的不同,她既不委婉也不温柔,她不卑不亢,落落大方。安然很自信地为自己定义了美的标准。她让人重新意识到,美,它其实是可以被自己定义的。这部小说后来被改编成电影,叫作《红衣少女》。在20世纪80年代,这是非常著名的一部电影,影响了很多人。

当时这个女孩子这种穿红衣服的状态,也引领了衣着风尚,当时我们把她的衣服叫作安然衫。那时候,从中学生到大学生,哪个女孩子不渴望拥有一件安然那样的红衬衫?它是一种时尚暗号,代表了自由、自在、敢爱敢恨。《没有纽扣的红衬衫》对少年时代的我们意味着什么?对于我和我的同时代人而言,她是走夜路时的火把。因为与这位个性鲜明、健康光明的女孩子相遇,我开始懂得,一个人从少年时代就应该勇敢、无畏,具有强大的主体性,无论男女。

什么是真正的女性美

回到我们讨论的"女性美"。真正的现代意义上的女性美应该是什么样的呢?我认为首先应该是"女为己容",而不是"女为悦己者容"。每个人都有对美定义的权利,而其中最重要的是女性自我的定义。

不应该有身体羞辱,不应该有身体自卑。当一个社会对于女性美的认知是多种多样时,社会真正的健康方向才会形成。今天,有很多人会拿着尺子去量女性:她的胸不够标准,她的臀不够标准,她的腰不够细,这是一种对于女性身体的贬抑。一个自信、自觉的女性,她应该像安然那样告诉世界,我要自己定义什么是美。而当这个世界上许许多多的女性都开始自我定义美,我们美的标准才真的会变得多元、色彩斑斓,我们的世界也才会真的更丰富、更包容。

·Tips·

《没有纽扣的红衬衫》首次发表于《十月》1983年第2期。小说以"我"为叙述者,讲述了妹妹安然的故事。安然是活泼、自信的十六岁高中生,她有语言天赋,热爱翻译;她直率、诚实地表达自己的看法,是一位特立独行的新青年形象。小说在20世纪80年代的中国风靡一时,1985年获得第三届全国优秀中篇小说奖。峨眉电影制片厂根据《没有纽扣的红衬衫》改编拍摄电影《红衣少女》,获得了1985年第五届中国电影金鸡奖最佳故事片奖、第八届大众电影百花奖最佳故事片奖。之后,该小说还被翻译成西班牙文、日文等多国语言。

第二篇

女性的自我认知

第四讲　女性的悲剧处境如何造成

——鲁迅《祝福》

鲁迅有一篇很有名的小说《祝福》，我们都读过，因为它收录在中学教材里。小说的核心，讲的是祥林嫂的悲剧。今天，我想换个视角来讲这篇小说。

祥林嫂的故事

祥林嫂第一次出现在小说文本中，是叙述人"我"和祥林嫂的相逢。在"我"眼里祥林嫂是个什么样的人呢？小说中有非常重要的描写，"五年前的花白的头发，即今已经全白，全不像四十上下的人"；重要的是最后这句"她分明已经纯乎是一个乞丐了"。就在这个时候，祥林嫂问"我",人有没有魂灵。

整个故事先从祥林嫂的衰老说起,接下来就是第二天,祥林嫂死了,怎么死的呢?"我"问别人,别人淡然地回答:"怎么死的?——还不是穷死的?"故事便开始回忆,祥林嫂一开始是很健壮、很有活力的人,很快她被拐,被逼着远嫁,命运发生了逆转,再一次回来的时候,她的丈夫没了,孩子也死了。读完整篇小说,我们就会发现,在祥林嫂的一生中,一种生命的活力慢慢地消失了。很多人会看到她的受害,她的被动性,她似乎就是一个完全被命运压榨的女性。

这是在解读《祝福》的时候,通常会选取的角度。这次,我想从女性视角来看,如果站在祥林嫂的角度,你会看到,祥林嫂其实不是完全束手就擒的,她一直在拼命反抗,拼命获得一种命运的自主权。比如说,祥林嫂第一次出门做佣人,其实是瞒着卫婆子的,她没有告诉别人自己是从婆家逃出来的,这是祥林嫂的第一次反抗。

仔细梳理祥林嫂的一生,会看到她为了反抗命运,为了在世界上生存下去都做了什么:一开始,作为童养媳的祥林嫂逃出来,后来被捉回去。在被捉回去的时候她是反抗的,然而反抗无果,她被当作一种交换物送到了山里,但她不愿意,继续激烈地反抗,这个在小说中有一段侧面描写:"祥林嫂可是异乎寻常,他们说她一路只是嚎,骂,抬到贺家墺,喉咙已经全哑了。拉出轿来,两个男人和她的小叔子使劲的捺住她也还拜不成天地。他们一不小心,一松手,阿呀,阿弥陀佛,她就一头撞在香案角上,头上碰了一个大窟窿,鲜血直流,用了两把香灰,包上两块红布还止不住血呢。直到七手八脚的将她和男人反关在新房里,还是骂。"这一段来自卫婆子的转述,仅仅从这段转述中,我们就可以想象出当时的情景有多么悲惨,也能看到一个女人在多么努力地挣扎。

当然,她的命运里也有过光,后来她生了一个孩子,在婆家过得也很好,但厄运再次降临,丈夫死了,孩子死了,被大伯赶出家去,那么她能去哪里呢?她就再一次来到鲁四老爷家。小说里写了她自救的一个最重要的手段:捐门槛,祥林嫂希望能够通过捐门槛这种方式获得赎罪的机会,而最终没有获得。一次一次的渴望,一次一次的熄灭,不断挣扎,不断被按倒,终于死灭,这其实就是关于女人一点点被剥夺的故事。

让祥林嫂最终走向死亡的是什么

有一个非常著名的问题:逼迫祥林嫂最终走向死亡的

是什么呢？很多人说是绝望，是命运，是无常。但细读作品，我们会了解，直接让她走向绝望和死亡的催化剂，是被称为善女人的柳妈给的。柳妈是个什么样的人呢？她是这个家里突然来的人，并不是先前鲁四老爷家一直有的女工，这是非常有意思的处理。在祥林嫂的故事里，正是这个外来的女人点醒了她，或者说戳穿了某种虚幻的东西。

小说里写道，因为四叔家忙不过来，找柳妈做帮手，而柳妈是善女人，吃素，不杀生。仔细品味这句话非常有意思，善女人吃素不杀生，所以她是有信仰的。下面这个场景就更有意味：祥林嫂向柳妈诉说，尤其是在她被其他人厌弃的情况下，她为什么要跟柳妈诉说呢？因为祥林嫂是个可怜的人，想在同等地位的、同样做帮工的女人那里寻找一种安慰。

她们之间有一场对话，祥林嫂说"我真傻"。

"祥林嫂，你又来了。"柳妈不耐烦的看着她的脸，说。"我问你：你额角上的伤痕，不就是那时撞坏的么？""唔唔。"她含胡的回答。"我问你：你那时怎么后来竟依了呢？""我么？……""你呀。我想：这总是你自己愿意了，不然……""阿阿，你不知道他力气多么大呀。""我不信。我不信你这么大的力气，真会拗他不过。你后来一定是自己肯了,倒推说他力气大。""阿阿,你……你倒自己试试着。"她笑了。柳妈的打皱的脸也笑起来,使她蹙缩得像一个核桃,干枯的小眼睛一看祥林嫂的额角,又钉住她的眼。祥林嫂似很局促了,立刻敛了笑容,旋转眼光,自去看雪花。

这一段是非常棒的对话,对话里没有"谁说",但是看这段对话的时候,马上可以判断出谁是祥林嫂,谁是柳妈。而且在这里,我们明显地看到了一种权力关系,一种女人对另一种女人的审问——一种所谓的善女人,所谓的清白女人,对一种身上或者命运里有所谓污点的女人的审问。

这审问是寒冷的、残酷的,需要我们仔细琢磨。柳妈咄咄逼人,她用了两个"我问你",问祥林嫂额角上的伤痕。祥林嫂每次都是含糊地回答。额角的伤痕在卫婆子和其他人眼里是贞烈的表现,但在柳妈这儿变了样。

在用了"我问你"的时候,柳妈有一句话:"你那时怎么后来竟依了呢?"这句话实际上是有答案的,汉语里很多话是有弦外之音的,柳妈这句话翻译过来的意思其实就是,你后来怎么也不能依呀。祥林嫂听懂了这句话,所以她解释男人力气大。而柳妈则说:"我不信。我不信你这么大的力气,真会拗他不过。你后来一定是自己肯了,倒推说他力气大。"

这是两个成年女人之间的对话,表面上在讨论肯与不肯,力气大小的问题,实际上讨论的是女人的节烈的问题。在这样一个对话里,柳妈占据了道德的制高点,她之所以占领这个居高临下的位置,可以对他人进行审判,就在于祥林嫂和她都迷信一个话语体系,就是女人要节烈。

所以问答结束后,柳妈再看祥林嫂的额角,就带了审判,因为额角不再是勋章,而是耻辱的印记。所以我们看到了祥林嫂的反应:"祥林嫂似很局促了,立刻敛了笑容,旋转眼光,自去看雪花。"作为小说家,鲁迅把两个女人的关系推到了绝境。所以柳妈说了下面这段话,这是这篇小说的杠杆,也是隐形的故事推动力:

"祥林嫂,你实在不合算。"柳妈诡秘的说。"再一强,或者索性撞一个死,就好了。现在呢,你和你的第二个男人过活不到两年,倒落了一件大罪名。你想,你将来到阴司去,那两个死鬼的男人还要争,你给了谁好呢?阎罗大王只好把你锯开来,分给他们。我想,这真是……"

接下来是祥林嫂的反应:"她脸上就显出恐怖的神色

来，这是在山村里所未曾知道的。"这恐怖的神色，就是压倒那个一直拼死自救的女人的最后一棵稻草。

柳妈的道理是新的，其实也不是新的。但祥林嫂生活在那个话语体系里，她迷信，没有想到人死后还要依从阳间的道德逻辑，所以她害怕，信了柳妈的话，要自救。柳妈让她去干什么呢？"我想，你不如及早抵当。你到土地庙里去捐一条门槛，当作你的替身，给千人踏，万人跨，赎了这一世的罪名，免得死了去受苦。"祥林嫂当然是捐了门槛，但正如我们所知道的，捐门槛是个谎言，祥林嫂的地位和处境没有任何变化，捐门槛的结果是使她再次看到自己的处境，最后她认出了自己的命，生也生不得，死也死不得，只能如此这般。

站在祥林嫂的角度去看问题

读《祝福》，我想到小说中鲁迅的性别视角以及作家本人的性别观问题。那是1924年的中国。对祥林嫂的命运关注，是这部作品之所以成为经典的重要原因。如果鲁迅只把祥林嫂当成"人"而不当成"女人"写，这部小说不会成功。鲁迅站在一位穷苦的女性视角上看世界。我的意思是，《祝福》的魅力在于，小说家将祥林嫂还原成一个女人、还原成一个下层的女佣、还原成一个受困于各种话语及伦理的女人。作为读者，我们只有和祥林嫂一起看世界，才会看到一个女性的真实生存境遇。当柳妈告诉她那个去了地狱都要分割成两半的谎言后，当她告诉她只有捐一条千人踏万人跨的门槛赎罪时，我们才会深刻认识到舆论的吃人本质，柳妈和祥林嫂都是信奉女人要节烈那套话语体系的人。

鲁迅对女性处境有犀利的认识，他有他坚定的性别观。1918年7月他发表过著名的文章：《我之节烈观》。

节烈难么？答道，很难。男子都知道极难，所以要表彰他。社会的公意，向来以为贞淫与否，全在女性。男子虽然诱惑了女人，却不负责任。譬如甲男引诱乙女，乙女不允，便是贞节，死了，便是烈；甲男并无恶名，社会可算淳古。倘若乙女允了，便是失节；甲男也无恶名，可是世风被乙女败坏了！别的事情，也是如此。所以历史上亡国败家的原因，每每归咎女子。糊糊涂涂的代担全体的罪恶，已经三千多年了。男子既然不负责任，又不能自己反省，自然放心诱惑；文人著作，反将他传为美谈。所以女子身旁，几乎布满了危险。

《祝福》中，与祥林嫂有交集的人绝大部分都是女人，卫婆子，祥林嫂的婆婆，四婶，以及柳妈等，她们在祥林嫂的生活中都扮演着日常的角色。也是这些人，成为一步一步将她直接推向死亡的催化剂。鲁迅说这样的人是"无主名无意识的杀人团"。当然，柳妈们并不知道自己便是这杀人团中的一员。

社会公意，不节烈的女人，既然是下品；他在这社会里，是容不住的。社会上多数古人模模糊糊传下来的道理，实在无理可讲；能用历史和数目的力量，挤死不合意的人。这一类无主名无意识的杀人团里，古来不晓得死了多少人物；节烈的女子，也就死在这里。

也因此，鲁迅在《我之节烈观》中最后说：

节烈这事，现代既然失了存在的生命和价值；节烈的女人，岂非白苦一番么？可以答他说：还有哀悼的价值。他们是可怜人；不幸上了历史和数目的无意识的圈套，做了无主名的牺牲。可以开一个追悼大会。

我们追悼了过去的人，还要发愿：要自己和别人，都纯洁聪明勇猛向上。要除去虚伪的脸谱。要除去世上害己害人的昏迷和强暴。

我们追悼了过去的人，还要发愿：要除去于人生毫无意义的苦痛。要除去制造并赏玩别人苦痛的昏迷和强暴。

我们还要发愿：要人类都受正当的幸福。

《我之节烈观》是中国文学史上的重要文字，它和《祝福》形成了美妙的互文关系，可以相互对照阅读。发表《我之节烈观》六年之后，鲁迅以生动鲜活的人物形象，进一步写出了他对女性命运的深切思考。祥林嫂之所以能在我们民族文学之廊上留下来，不仅仅因为鲁迅写出了这样一个人，还因为鲁迅写了祥林嫂周围那些和她有相同处境，但又一点点把她推向悲剧命运的人。通过祥林嫂的一次次反抗，和一次次反抗的幻灭和失败，展现出了女性的自主权是如何消失的。最令人唏嘘的是，这种消失的推手，正是作为同类的其他女人。

Tips

《祝福》是鲁迅创作的短篇小说,最初发表于上海《东方杂志》1924年半月刊第21卷第6号上,后收入小说集《彷徨》。小说经由"我"一个返乡知识分子的视角,叙述了命途多舛、可悲可叹的女性祥林嫂的悲惨际遇。《祝福》曾多次改编为话剧或影视作品,并被收入人教版高中语文教材,是鲁迅影响力最广的作品之一。

第五讲 "为你好"与同化异类

——萧红《呼兰河传》

日常生活中,关于"为你好"的话题非常普遍。不夸张地说,这句话很多人几乎是从小听到大。很多长辈都喜欢用"我是为你好"这个理由,来支配和掌控子女的生活。比如说,在很多人眼里,到了三十岁还没有结婚的女性,就是"剩女""老姑娘"。这个时候,一些人以"我是为你好"为理由,来帮着介绍对象,催你结婚。因为如果你不结婚,就是和别人不一样,对他们来说就是"异类"。

什么是"为你好"呢,我一直对这句话表示怀疑。实际上,当一个人打着"为你好"的名义,要求你去做一些事情的时候,他/她在希望你变成他/她喜欢的那种人,其实是用"为你好"去同化异类，使之成为同类。

小团圆媳妇、王大姑娘和冯歪嘴子

谈到对异类的同化，我想到萧红的《呼兰河传》。这是我很喜欢的一部长篇小说。小说有八章，主要写的是萧红的家乡，一座叫呼兰的小城里的人和事。在这里，你能看到这座东北小城里的自然风光；看到当地人跳大神、唱秧歌、放河灯、唱野台子戏；也有很多人物，非常鲜活生动。

小说前四章里，人物几乎都是以类来分的，他们没有具体姓名。比如小说开头写的是年老的人，赶车的车夫，卖豆腐的人，卖馒头的老头，牙医等。这些人是面目含糊的人，是和环境一起存在的人。这意味着他们的生存有一种普遍性，与此同时，萧红还引领我们看到了那些孤独的人，比如失去独子的王寡妇，比如住着破房子的开粉店的。而到了第五、六、七章，才开始有了特别的人，又或者说，小说开始聚焦于特殊的人：小团圆媳妇、有二伯，冯歪嘴子，王大姑娘等。这些人都是小城里的不幸者。"一切不幸者，就都是叫化子，至少在呼兰河这城里边是这样。"

最令人难忘的是"小团圆媳妇"。小团圆媳妇其实是童养媳,她最初来到呼兰小城的时候,头发又黑又长,很健康。而最后,她的头发掉了,死去了。在她的故事里,我们听到很多人的声音,比如有人说她太大方了,不太像个团圆媳妇。有的人说见人一点儿也不知道羞,头一天来到婆家,吃饭就吃了三碗。小说里尤其写了婆婆对她的控诉:

> 她来到我家,我没给她气受,哪家的团圆媳妇不受气,一天打八顿,骂三场。可是我也打过她,那是我要给她一个下马威。我只打了她一个多月,虽然说我打得狠了一点,可是不狠哪能够规矩出一个好人来。我也是不愿意狠打她的,打得连喊带叫的,我是为她着想,不打得狠一点,她是不能够中用的。有几回,我是把她吊在大梁上,让她叔公公用皮鞭子狠狠地抽了她几回,打得是狠着点了,打昏过去了。可是只昏了一袋烟的工夫,就用冷水把她浇过来了。

萧红记下这些表达时,事实上书写了一种"振振有词"的迫害。鲁迅在写祥林嫂受迫害的时候,只是写了作为外来者讲述的迫害,而萧红则进入内部,写下小团圆媳妇所受到的日常生活中细密的折磨，那些来自身体和精神的双重折磨。尤其具有象征意味的是，婆婆请"大神"给小团圆媳妇"治疗"：

> 小团圆媳妇一被抬到大缸里去，被热水一烫，就又大声地怪叫了起来，一边叫着一边还伸出手来把着缸沿想要跳出来。这时候，浇水的浇水，按头的按头，总算让大家压服又把她昏倒在缸底里了。

"治疗"过程中，许多人认为是在救小团圆媳妇，但其实是在杀害她。这深具象征意味。小团圆媳妇的错误在于她不符合庸众的想象，所以要被扼杀。今天很多人读到小团圆媳妇时依然会感同身受，是因为人们看到的是异类的处境、一个不符合他人想象的人如何被他人折磨致死，而那些折磨她的人则出于好心，是为了她好。《呼兰河传》写的当然是愚昧，但更重要的是写的是异类、与周围环境格格不入的人如何受戕害。

除了小团圆媳妇，《呼兰河传》还写到王大姑娘和冯歪嘴子。王大姑娘喜欢上了冯歪嘴子，他们在一起同居了。但是，因为没有明媒正娶，在邻居们的眼中，王大姑娘就变成了低贱的、不知羞耻的女人。王大姑娘住到冯歪嘴子家后，村子里的人经常会去看他们，但是并不关心冯歪嘴子和王大姑娘的生活，而是来看他们的笑话。比如，王大姑娘和冯歪嘴子两人在草棚子里住，草棚子里很冷，大家就议论说："那草棚子才冷呢！五凤楼似的，那小孩一声不响了，大概是冻死了，快去看热闹吧！"王大姑娘和冯歪嘴子生了孩子，人们就想凑热闹，看看那小孩冻没冻死。知道了这小孩没死，人们又用这样的口气说："他妈的，没有死，那小孩还没冻死呢！还在娘怀里吃奶呢。"还包括有二伯，有二伯不断跟别人聊天说话，没有人搭理他，他依然彻夜不眠自言自语。

鲁迅曾经提到过"无主名杀人团"这个说法，从这个角度去理解，会发现那些往小团圆媳妇身上浇开水的人、那些盼着冯歪嘴子家冻死的人，某种意义上便是无主名杀人团。萧红和鲁迅一样，看到了穷苦人对穷苦人的戕害、受迫害者对受迫害者的强压。在《祝福》里，祥林嫂不断讲述悲惨人生的时候，鲁镇的人们会嘲笑她，这是鲁迅之所以是鲁迅的地方，他写出了祥林嫂的悲剧处境，他写了过去的祥林嫂，也写了未来的祥林嫂。某种意义上，小团圆媳妇是和祥林嫂一样的人，在小团圆媳妇身上，我们看到这些人命运的共通性。

异类的能量

《呼兰河传》并不仅仅只写人的愚昧、异类的悲惨。萧红写这些人的悲苦生活,并不是怜悯的、居高临下的,她给予他们同情的理解,她看到了他们自身的生命力。比如粉房里的人们:

> 他们一边挂着粉,也是一边唱着的。等粉条晒干了,他们一边收着粉,也是一边地唱着。那唱不是从工作所得到的愉快,好像含着眼泪在笑似的。
> 逆来顺受,你说我的生命可惜,我自己却不在乎。你看着很危险,我却自己以为得意。不得意怎么样?人生是苦多乐少。
> 那粉房里的歌声,就像一朵红花开在了墙头上。越鲜明,就越觉得荒凉。

还有冯歪嘴子,别人看他的孩子没有长大,但是他却看到了变化:

> 他在这世界上他不知道人们都用绝望的眼光来看他,他不知道他已经处在了怎样的一种艰难的境地。他不知道

他自己已经完了。他没有想过。

他虽然也有悲哀,他虽然也常常满满含着眼泪,但是他一看见他的大儿子会拉着小驴饮水了,他就立刻把那含着眼泪的眼睛笑了起来。

……

但是冯歪嘴子却不这样的看法,他看他的孩子是一天比一天大。

大的孩子会拉着小驴到井边上去饮水了。小的会笑了,会拍手了,会摇头了。给他东西吃,他会伸手来拿。而且小牙也长出来了。

微微地一咧嘴笑,那小白牙就露出来了。

异类并不会一直是异类,庸众也不会一直是庸众。无论是异类或庸众,他们都有异乎寻常的生命力,而那似乎也并不能用麻木、愚昧一概而论。

《呼兰河传》里,即使是最庸常的民众身上,也有着令人惊异的活下去的能量。萧红对于呼兰河人民的生存,既有五四启蒙思想的观照,也有站在本地人内部视角的认知,甚而,她有着对人类整体生存的认识:呼兰人的生存里,既有人的无奈、人的苟且,也有人的超拔。

在《呼兰河传》的第一章,萧红写到了大泥坑。正如研究者们所分析的，那是一个象征性的存在。大泥坑让大家很不舒服，但是并没有人去改变它，人们只是顺应它。而小团圆媳妇显然是弱者，所以人人都想改造她。所以小团圆媳妇的婆婆一不高兴，就会打小团圆媳妇，因为她不能打自己的孩子，不能打其他人，她只有和小团圆媳妇才构成权力关系。

很多"异类"的命运，或多或少都会在小团圆媳妇这样的人身上体现：人们把她推向火坑，还美其名曰"为她好"。而什么是一个现代的社会和现代意义上的人呢？就是要包容，要允许"异类"的存在。

萧红对女性际遇的理解

《呼兰河传》里有鲜明的女性视角和女性立场。这不仅体现在作家对小团圆媳妇、王寡妇、王大姑娘身世的关注，对婆婆、祖母等人的凝视，同时关于女性生存处境的认知也贯穿在这部作品里。一如第二章，"精神上的盛举"。送子观音看起来很亲和，而男性雕像则更威猛。

在叙述人看来，原因在于塑像的是男人。把男性塑像做得高大威猛，让人看了心里就害怕，潜移默化之中，男性等于权威的观念就形成了。而把女性塑造得温柔,不是出于对女性的尊重,而是要让人觉得,女性是柔弱的,是老实的,是好欺负的。书里接着说的是,"人若老实了,不但异类要来欺侮,就是同类也不同情"。"比方说女子去拜过了娘娘庙,也不过向娘娘讨子讨孙。讨完了就出来了,其余的并没有什么尊敬的意思。觉得子孙娘娘也不过是个普通的女子而已,只是她的孩子多了一些"。

这就是《呼兰河传》特别的地方。萧红不仅仅只是书写小团圆媳妇和王大姑娘的故事,她同时还写出了自己对这些人、对女性际遇的理解。从这个意义上讲,萧红是一位深具女性精神的作家,她对人世间很多女性的处境,是有天然的了解的。

·Tips·

《呼兰河传》于1940年在香港《星岛日报》连载。这部作品以萧红自己童年生活为线索，书写了20世纪20年代中国北方小城呼兰的社会风俗、人情百态。《呼兰河传》前四章写呼兰城的风土人情以及"我"在呼兰城的童年记忆，后三章写了呼兰城里的有二伯、小团圆媳妇、冯歪嘴子等人的悲惨故事。茅盾曾经评价《呼兰河传》："它是一篇叙事诗，一幅多彩的风土画，一串凄婉的歌谣。"

第六讲 "奉献型人格"与好女人形象

——铁凝《永远有多远》

当我们说起好女人的时候,一些形容词会"自然"地涌到我们的脑海里,比如善良、仁义、默默无闻、勤勤恳恳、奉献,等等。你会发现,我们关于好女人的想象,已经变成了一种刻板的、固定的印象,但是好女人形象真的只是这样一种吗?我们是否一定要按那样的标准去做呢?这都是需要面对和讨论的。

白大省:"仁义"的女性

想到铁凝的中篇小说《永远有多远》,女主人公叫白大省,是一个北京大妞。白大省长得没那么好看,从小就被胡同里的老人评价为"仁义":"她上小学一年级的时候,就曾经把昏倒在公厕里的赵奶奶背回过家(确切地说,应该是搀扶)。小学二年级,她就担负起每日给姥姥倒便盆的责任了。"家里的脏活、累活、重活,都是她去干,所以她赢得了"仁义"的评价。其实,仁义某种程度上已经是个"过时"的词,"在20世纪70年代初期,这其实是一个陌生的、有点可疑的词,一个陈腐的、散发着被雨水洇黄的顶棚和老樟木箱子气息的词,一个不宜公开传播的词,一个激发不起我太多兴奋和感受力的词,它完全不像另外一些词汇给我的印象深刻"。

在白大省的成长过程中,她也经常会显现出仁义的品质。比如,她谈了一个男朋友,她和男朋友正在相处的时候,她的表妹来了,表妹把她男朋友给"抢"了,但她原谅了表妹;本来白大省有两室一厅,弟弟有一室一厅,但因为弟弟要结婚了,弟弟和弟媳妇就到她这里来,希望换房子。最初白大省是拒绝的,但后来想起弟弟可爱的一面,就同意了弟弟的请求。

白大省的前男友后来去了日本,跟一个日本女人结婚,生了个小孩,离婚后,他又回来找白大省。白大省开始很抵触,但男人抱着小女孩儿离开后,小女孩在沙发缝里留下的一块揉皱的小手绢儿,又让白大省心软了。结尾就像我们想象的那样,这个好女人,这个非常仁义的女人,很可能会接纳这对父女。

白大省这样的女人,让我想到了刘慧芳。年轻的朋友可能已经不知道这个名字了,在20世纪80年代末,有一部家喻户晓的电视剧,叫作《渴望》,刘慧芳就是这部电视剧里著名的女性形象。

《永远有多远》里有许多有意思的细节,比如白大省谈恋爱,男朋友要来家里吃饭:"她几乎花了一整天给自己选择当晚要穿的衣服。她翻箱倒柜,对比搭配。穿新的她觉得太做作;穿旧的又觉得提不起精神;穿素了怕夏欣看她老气;穿艳了又唯恐降低品位。她在衣服堆里择来择去,她摔摔打打,自己跟自己赌气。"后来又去西单商场买衣服,"她觉得这毛衣稳而不呆,闹中有静,无论是黑是红,均属打不倒的颜色。哪知回家对着镜子一穿,怎么看自己怎么像一只'花花轿'。"结果是,"她于是又重返她那乱七八糟的衣服堆,扯出一件宽松的运动衫套在了身上。"最后,白大省选择的是自己从来没有着意打扮过自己一样,而似乎这样的自己才让别人舒服也让自己舒服。

还有个细节是白大省和男朋友开诚布公地聊天,男朋友指出了她的问题:

有一件事给他留下的印象太深刻了：那天他来这儿吃晚饭，白大省烧着油锅接一个电话，那边油锅冒了烟她这边还慢条斯理地进行她的电话聊天；那边油锅着了她仍然放不下电话，结果厨房的墙熏黑了一大片，房顶也差点着了火。夏欣说他不明白为什么白大省不能告诉对方她正烧着油锅呢，本来那也不是什么重要的电话。她也可以先把煤气灶闭掉再和电话里的人聊天。可是她偏不，她偏要既烧着油锅又接着电话。夏欣说这样一种生活态度使他感觉很不舒服……白大省打断他说油锅着火那只不过是她的一时疏忽，和生活态度有什么关系啊。夏欣说好吧，就算这是一时的疏忽，可我偏就受不了这样的疏忽。还有，他接着说，白大省刚跟他认识没多久就要借给他一万块钱开化工厂，万一他要是个坏人呢，是想骗她的钱呢？为什么她会对出现在眼前的陌生男人这样轻信，他实在不明白……

从这些细节可以看出，白大省是宁愿自己受罪也希望别人开心的人。她的性格总结起来就是奉献型人格，以吃亏或者牺牲自我，去获得他人赞美的那种女性。

什么是"好女人"?

小说里还写到另外一个女人,西单小六,她跟白大省同龄,但性格完全不同。西单小六一直受男人追逐和喜欢,她和白大省的性格不同。她喜欢打扮,身上有一种迷人的魅性:

这个染着恶俗的杏黄色脚指甲的女人,她开垦了我心中那无边无际的黑暗的自由主义情愫,张扬起我渴望变成她那样的女人的充满罪恶感的梦想。十几年后我看伊丽莎白·泰勒主演的《埃及艳后》,当看到埃及妖后吩咐人用波斯地毯将半裸的她裹住扛到恺撒大帝面前时,我立刻想到了驸马胡同的西单小六,那个大美人,那个艳后一般的人物,被男男女女口头诅咒的人物。

西单小六一直和所处的时代有非常紧密的互动,永远走在风口浪尖上。跟白大省相比,西单小六被邻居们认为是不那么好、不那么仁义的女人。但是,她又让人羡慕。那么,这里就有一个问题,什么是好女人?是像白大省这样的女人呢,还是像西单小六这样的女人呢?如果问白大省内心渴望成为什么样的人,她会说她自己渴望成为西单小六那样的女人。

陈晓明教授有段关于白大省和西单小六关系的分析：

> 小说明写的是白大省的"仁义"，内里却写着一个女孩子无法成为与众不同的另类女孩的困惑，她的内心一直有一个另类的"她者"。她只能（或不得不）做着她的善良本色。这是她的本性，也是她被社会、她的家庭伦理规训好的角色。尽管小说并没有更多的笔墨描写白大省想成为另一类女性的内心渴望，只是对"我"的倾诉中的一次流露，但小说却相当充分地描写了西单小六的形象，这个与白大省截然不同的女性，在小说中写得异常生动。那是一个自由得要超出社会常规约束的女性，她就是那个时期的女性的另类"她者"。她少女时代就离经叛道，她以魅惑男性为乐且让女孩们羡慕，她的形象寄寓了女性对身体自由的爱欲乌托邦的想象。渴望超出自我，而自我的束缚又是如此深重，这是铁凝书写的最富有内在性的女性心理矛盾，也揭示了更为复杂而又隐秘的女性内心世界。

正如陈晓明教授所指出的，小说人物的矛盾地方在于，"仁义"并不是白大省想要的，她并不是愿意成为那样的人，如果她愿意，这是她的人生目标，她能从中获得快乐，那其实是很好的，因为这些品质本来就很好。问题是，白大省每次做决定的时候，都是为了不让别人失望，才违心地去做这些事情。换言之，白大省并不是发自内心地想做仁义的人，只是因为别人觉得她仁义，所以她就按别人期待的做了。当别人说她仁义的时候，是别人把仁义的评价放到了她的身上，而不是她想成为仁义的人。她想成为的，不是自己想成为的人，而是别人心目中的她，她愿意接受别人给她的"人设"。

整部小说里，白大省一直对这件事感到惆怅，她不想做别人眼中的自己，而愿意做自己想做的自己。但从头到尾，她都没有完全做到。不过，也是在这样一个仁义的价值观里，她最终还是找到了一些属于自己的东西。比如说，她想成为小女孩的母亲，她在小女孩儿的小手绢儿上获得了一种本真的，对自我的认识。

小说到最后，白大省越来越有主体性，这个人物是有生长性的，最明显的就是，别人都认为她不应该选择跟前男友结婚、成为小女孩的后妈，而她却做了选择，也就是从此刻开始，她慢慢生成了她的主体性：

她说她在沙发缝里发现了一块皱皱巴巴、脏里巴叽的小花手绢，肯定是前两天郭宏抱着孩子来找她时丢的，肯定是郭宏那个孩子的手绢。她说那块小脏手绢让她难受了半天，手绢上都是馊奶味儿，她把它给洗干净了，一边洗，一边可怜那个孩子。她对我说郭宏他们爷儿俩过的是什么日子啊，孩子怎么连块干净手绢都没有。她说她不能这样对待郭宏，郭宏他太可怜了太可怜了……白大省一连说了好多个可怜，她说想来想去，她还是不能拒绝郭宏。我提醒她说别忘了你已经拒绝了他，白大省说所以我的良心会永远不安。我问她说，永远有多远？

电话里的白大省怔了一怔，接着她说，她不知道永远有多远，不过她可能是永远也变不成她一生都想变成的那种人了，原来那也是不容易的，似乎比和郭宏结婚更难。

从决定成为小女孩的母亲这一刻开始，白大省的主体性生发出来。她接受了此刻的自己。

最重要的是成为你自己

一个人和时代的关系是什么样子的？是像西单小六那样，还是像白大省那样？并没有标准答案。最重要的是成为能成为的自己，听从自己的内心选择。白大省这个人物，我们很难用一句话或者一个词去归纳，她身上有很多矛盾的东西，但正是这些矛盾和抵牾之处使她成为中国文学史上极有光泽的女性形象。小说里有一段话，可以作为我们这节课的结尾，这段话是这么说的：

> 北京若是一片树叶，胡同便是这树叶上蜿蜒密布的叶脉。要是你在阳光下观察这树叶，会发现它是那么晶莹透亮，因为那些女孩子就在叶脉里穿行，她们是一座城市的汁液。胡同为北京城输送着她们，她们使北京这座精神的城市肌理清明，面庞润泽，充满着温暖而可靠的肉感。她们也使我永远地成为北京一名忠实的观众，即使再过一百年。

其实，这一段话也构成了解读《永远有多远》的另一个方向——白大省的故事不仅仅关于女性的际遇，还有可能是北京故事，"仁义""傻里傻气的纯洁和正派""笨拙而又强烈之至"，与北京胡同有着非常明晰的对应关系。因此，当小说感叹白大省身上"忘我的、为他人付出的、让人有点心酸的低标准"时，其实也内在地显示着一种被习焉不察或有意忽略的"老北京"的文化气质。奉献型人格或者说那种忘我的仁义品质，固然有让我们扼腕叹息的地方，但其实也自有她的迷人之处。

·Tips·

　　《永远有多远》首次发表于《十月》1999年第1期,曾获第二届鲁迅文学奖和第一届老舍文学奖,并于2001年被改编为同名电视剧。主人公白大省自小就是"仁义"的姑娘,尊老爱幼,为了照顾别人宁愿牺牲自己。然而这样的一个好姑娘却在感情生活中屡屡受挫。与白大省形成鲜明对比是她的童年伙伴西单小六,后者美丽迷人,自在洒脱,她的举止虽然招来了很多非议,然而西单小六却丝毫不在意他人目光,我行我素。主人公白大省在一个又一个人生的岔路口感到困惑,她对命运产生了终极追问:"永远有多远?"

第七讲　何为女人的体面

——毕飞宇《玉米》

说起"女性的体面",很多人会想到衣服、化妆品、奢侈品、包包等,这些是整个社会已经形成的对女性体面的认识。今天我想谈一篇小说,主题是女人如何为寻找自己的体面而争斗,这就是毕飞宇的《玉米》。《玉米》已经发表二十年了,但这部小说依然常读常新。

《玉米》书写了女人的"体面"

《玉米》的主人公叫玉米,但小说的第一句话写的不是玉米,而是玉米的妈妈:"出了月子施桂芳把小八子丢给了大女儿玉米,除了喂奶,施桂芳不带孩子。"第一句话写得非常高明,带有很多的故事:施桂芳是玉米的妈妈,玉米是她大女儿,小八子是她的第八个孩子,出了月子除了喂奶之外,施桂芳就不带孩子了。为什么不带?是因为她"做完了月子,胖了,人也懒了",她有了某种底气。小说里边特别有意思的一句话是:"生了男孩和不生男孩,人是不一样的。""生儿子"是施桂芳的体面,"生儿子"有施桂芳作为女人的辛酸史,也有她作为女人的扬眉吐气。

接下来,我们看到了玉米,正如题目所强调的,玉米是这部小说的主人公。"母亲终于生儿子了,玉米实实在在地替母亲松了一口气,这份喜悦是那样的深入人心,到了贴心贴肺的程度。"事实上,生儿子这个消息,就是玉米的奶奶在高音喇叭上宣布的。这部小说里,女人没有包包,没有化妆品,没有漂亮的衣服,但是玉米、玉米的奶奶和玉米的妹妹们,都切切实实地在施桂芳生儿子后感受到一种体面。

玉米是个农村姑娘,爸爸是村干部,生活作风上有问题,跟村子里很多女人都不清不楚的,这对玉米的妈妈施桂芳显然是一种羞辱。所以,在母亲生了儿子以后,玉米要做的就是帮着妈妈出气,那么,她怎么帮妈妈出气呢?小说里有一个细节,玉米抱着弟弟王红兵,也就是她们家的第八个孩子四处转悠,这当然不是为了带孩子,这行为中还有另外一层更要紧的意思：

> 玉米和人说着话，会毫不经意地把王红兵抱到有些人的家门口，那些人家的女人肯定是和玉米的爸爸王连方上过床的。玉米站在她们家的门口，站住了，不走，一站就是好半天。玉米一家家地站，其实是一家一家地揭发，一家一家地通告了，谁也别想漏网。那些和王连方睡过的女人，一看见玉米的背影，禁不住地心惊肉跳，这样的此地无声，比用了高音喇叭还要惊心动魄。
>
> ……
>
> 玉米不说一句话，却一点点揭开了她们的脸面，活生生地丢她们的人，现她们的眼。这在清白的女人这一边特别的大快人心，还特别的大长志气。

从上面的话可以看到，玉米对于体面的理解，不仅因为母亲生了儿子，她的体面还必须建立在对那些女人们的羞辱上，因为那些女人们跟王连方有肉体关系。

异化的男女关系

按理说，在王连方和这些女人的关系里边，她更应该羞辱她的父亲，因为是她父亲利用自己的权势跟那些女人上床的，女人们都是受害者。但是，玉米不管，她利用她母亲生儿子这件事去羞辱其他这些女性，也是要借她父亲的权势。与此同时，那些女人们面对玉米，都感受到了羞辱。因为这些女人们也认为，玉米的母亲生了儿子是体面，哪怕她的男人对她不忠。

很快，小说里又写了玉米的另一种体面，她有了飞行员男朋友。男朋友穿着飞行服，照片是在飞机场拍摄的，非常英武，村里人很羡慕，都高看玉米一眼。也就是说，除了母亲生儿子，让玉米感受到体面的地方就是她当飞行员的男朋友。

当然，玉米的体面也包括她是有权力的人的女儿，父亲是村里的领导。而小说里戏剧性的转折是王连方因为破坏军婚被撤职了。父亲没权势了，母亲生儿子所带来的体面也就随之而倒。接下来，男朋友也因此跟她说了分手。玉米先是获得了体面，随即又失去了体面。父亲愈加受村里人憎恨，所以她的两个妹妹，玉秀和玉秧，在一次看露天电影的时候，被村里人给奸污了。如今玉米一家不仅仅是没有体面，更是明目张胆地被羞辱，但玉米却没有办法去反抗。

就是在这个时候，玉米更加清晰地意识到她要不择手段，她要让自己扬眉吐气，要重新光明正大地站在村子

里。于是,她让父亲给她说个男人,说个什么样的男人呢。小说中是这样描写的:

玉米扬起脸说:"不管怎么样的,只有一条,手里要有权,要不然我宁可不嫁。"

小说中,王连方给玉米找了一个丈夫。是个县领导,刚刚死了老婆,比她大很多岁。但是玉米不在乎。小说的结尾是,玉米和那个男人在床上,男人说了一句:"好。"整个小说就此结束。

《玉米》情节曲折,也让人揪心,读者会深刻感受到,玉米所有的体面都和男人有关。如果她男人不体面,仿佛她的生命就没有意义了。《玉米》里隐在的、判断人幸福和体面的标准,是男人。

女人真正的体面,与男人/权力无关

张爱玲有一篇很短的文章叫《有女同车》,文章中说,"这是句句真言,没有经过一点剪裁与润色的,所以不能算小说"。在电车上,一个葡萄牙女人对另外一个葡萄牙女人说她的男人,"……所以我就一个礼拜没同他说话。他说'哈罗'。我也说'哈罗'"。她冷冷地抬了抬眉毛,连带地把整个的上半截脸往上托了一托。你知道,我的脾气是倔强的。是我有理的时候,我总是倔强的。"同时也有一个上海女人跟另外一个上海女人说着男人,她说的是自己的儿子。"我说:'我弗要伊跪。我弗要伊跪呀!'后来旁边人讲:价大格人,跪下来,阿要难为情,难末喊伊送杯茶,讲一声:'姆妈勿要动气。'一杯茶送得来,我倒'叭!'笑出来哉!"讲完自己的所见之后,张爱玲感叹说:"电车上的女人使我悲怆。女人一辈子讲的是男人,念的是男人,怨的是男人,永远永远。"读这篇《有女同车》时,我再次想起了毕飞宇的《玉米》。这两部作品讲的是女人,但说到底讲的还是男人,但是,女性真正的自由与体面,真正的价值,是否只与男人有关?

　　黄佟佟有一部小说叫《头等舱》。头等舱是指人的等级,还是对幸福的获得呢?如果我们把获得婚姻当作头等舱,当作一种体面,那真的是头等舱吗?当小说中女主角们视男性或他者的爱为幸福标准时,她们便被一种名叫爱情的漩涡俘获、席卷,跟随它起起伏伏。而正是在这样的起伏中,我们看到了人或女人的命运,幸与不幸、爱与不爱,全在这样的人生中。小说中的女性,有人残了,有人疯了,有人病了,而多半与男人或者渴望被男人青睐有关。读这部作品，你无法不感慨地看着这些女人们在命运的小船上跌宕。也会再次想到，将自己的幸福、自己的体面，寄希望于他人，本身就是错误的。

无论《玉米》《有女同车》，还是《头等舱》，内在里讲述的都是女性的生存与男人的关系。真正的体面，怎么可能完全建立在男人身上呢。女人的体面不能依附或寄希望于他者，而只能靠自身的努力。如果不明白这个道理，那么她就会像张爱玲笔下所描述的那样："永远讲的是男人，念的是男人。"张爱玲说的是她所在的那个现在，但也说到了过去，至于说的是不是我们的未来呢，我真希望不是。

·Tips·

《玉米》发表于《人民文学》2001年第4期，并于2005年获第三届鲁迅文学奖优秀中篇小说奖。女主人公玉米有着超乎常人的冷静与成熟，她将自己的恋爱和婚姻都当成权力交易的工具。这是在传统男权社会中，女性获得权力的途径，却也是玉米命运悲剧的根源。

第八讲　怎样理解女性情谊和相互嫉妒

——苏童《妻妾成群》

现在有很多以民国为背景的电视剧，我们通常称为民国戏。民国戏里边，一个男人有好几个太太："大太太吃斋念佛，二太太搬弄是非，三太太喜欢唱戏，四太太是个女学生……"这种人物设定我们都见怪不怪了。所以，现在我在课堂上讲苏童《妻妾成群》的时候，经常会有同学说，这小说跟流行的民国电视剧很像。其实说反了，是民国戏跟这部小说很像，要知道，这部小说发表于30多年前。很多年轻编剧们应该都读过苏童这部小说。今天就要讲讲这部《妻妾成群》。

同性之间的争斗

《妻妾成群》发表于1990年,给人耳目一新之感,后来被张艺谋改编成了电影《大红灯笼高高挂》。这部电影后来获了很多奖项,其中一个是奥斯卡金像奖的提名,据说这是中国电影特别靠近奥斯卡金像奖的一次。那么,这个故事是怎样的呢?主人公叫颂莲,是男主人公陈佐千的第四房太太,小说写的就是颂莲和其他几个太太之间的纠葛。

小说一开头就奠定了整个故事的基调,作家是这么写颂莲第一次进陈家的:

> 颂莲走到水井边,对洗毛线的雁儿说:"让我洗把脸吧,我三天没洗脸了。"这个雁儿是陈家的一个丫鬟,她给颂莲吊上一桶水,看着她把脸埋进水里。颂莲弓着的身体像腰鼓一样被什么击打着,簌簌地抖动。这时雁儿朝井边的其他女佣使了个眼色,捂住嘴笑。女佣们猜测颂莲可能是陈家的哪个穷亲戚。她们对陈家的所有来客几乎都能判断出各自的身份。但是颂莲就猛地回过头,瞟了雁儿一眼,说:"你傻笑什么,还不去把水泼掉?"雁儿就问,"你是谁呀,这么厉害?"颂莲就搡了雁儿一把,拎起藤

条箱子离开井边,走了几步回过头说:"我是谁?你们迟早要知道的。"

第二天,陈府的人都知道陈佐千老爷娶了四太太颂莲,而陈佐千又把他下房里的雁儿给颂莲做了使唤丫头。于是颂莲和雁儿马上就有了非常有意味的一个交流:

颂莲把雁儿拉到自己身边,端详一番,用手拨弄她的头发。雁儿就听到颂莲说:"你没有虱子吧?我最怕虱子。"雁儿咬住嘴唇没说话,她觉得颂莲的手像冰凉的刀锋切割她的头发。颂莲说:"你头上什么味?真难闻,快拿块香皂洗头去。"雁儿就垂着手站在那儿不动。陈佐千就瞪了她一眼,说:"没听见四太太说话?"雁儿说:"昨天才洗过头。"陈佐千就拉高嗓门说,"别废话,让你去洗就得去洗,小心揍你。"

以陈佐千的丫鬟雁儿和四太太颂莲的交锋起笔,小说暗示读者,它实际上要写的是女人和女人之间的关系,是同性之间的争斗。

女人的争斗，是为了获得男人的垂青

这是典型的几个女人围着一个男人转的故事。当然关于这类故事的分析非常多，我想强调小说里的每一位女性，她们进行的争斗、撕扯、撕咬，其实都是为了一个人——陈佐千，都是为了争夺他的青睐、宠幸或者是爱。男人的青睐是女性嫉妒最根本的原因。而嫉妒，则是同性之间的相互憎恶。比如说雁儿和老爷陈佐千也有过暧昧，因此雁儿憎恶颂莲，憎恶她得到了老爷的宠爱。

张艺谋的电影《大红灯笼高高挂》，对小说改编最好的一部分是男主人公不在场。男主人公最终没有出现在镜头里，但他又无处不在，所有人的争斗都是因为他。据说拍摄的时候是有男演员的，而最后演员的镜头切掉了，只留下了声音。这个处理用心良苦，也意味着这个男人就像空气一样在影响女人之间的关系。他不在，但他永远在。

现在民国戏或者家庭剧里有关女人之间关系的想象，有许多都是基于《妻妾成群》。可以说，这部小说在如何构建女性之间的情感关系方面影响深远。即便是最近一些号称是"大女主"、包括被称为爽剧的宫廷戏，都和《妻妾成群》有着非常相似的核心：一个女人从底层的宫女不断往上走，最后获得了皇上的青睐，当上了贵妃，和皇帝一起享受权力的荣耀。从这样的关系里很容易发现,这个女人与其他女性之间的关系纠葛,在某种程度上跟《妻妾成群》所表现的是一个意思,只不过她们生活的空间不一样罢了。

电视剧《延禧攻略》里,女主人公千方百计地闯关,最后的目的是什么呢?女主人公把皇帝身边的所有妃子都打败了,她成为的却不是她所渴望的自己,而是皇帝喜欢的那个她。也就是说,她所做的一切,都是为了成为皇帝喜欢的人而努力,所以她要不断地赢。大多数流行的民国家庭戏和宫斗戏,共同的主题就是如何获得男人青睐,如何通过排斥同性对自己的干扰获得男性青睐,进而获得一种满足。那么,在这样环境中生存的女性,可能会产生同性之间的情谊吗?同性情谊应该是在完全平等的基础上才有可能,它需要真正的彼此欣赏和彼此扶助,而不是为了获得同一个男人的垂青。

打破固定叙述模式的《妻妾成群》

上野千鹤子在《厌女》里有一段话说得特别好,她说:"只要女人还是被置于围绕男人或者是被男人选上的这种潜在竞争关系之中,女性之间的同性社会性纽带,即使存在也是很脆弱的。"这让人想到，现在新闻或者热搜里所谓的"全民抓小三"，婚外情的男人并未受到指责，我们只看到情人和妻子之间的厮打。这样的现象之所以存在，是因为整个社会都潜在认为，是否被男人喜欢很重要，男人不是过错方。当我们看宫廷剧或民国戏时，看到某位女性是脱颖而出的，踏着其他同性的血肉和骨灰往上走，作为观众的我们也很容易与之共情，与之一起扬眉吐气。

《妻妾成群》中，在最初，颂莲也想进入那样的争斗里，她被嫉妒所裹挟，不断表达自己的愤怒。最初，她只是对雁儿最无权无势的婢女表达厌憎。后来，她开始和卓云争斗。而很显然，卓云在四位太太中是最会争斗的。最终，颂莲失败了。看起来《妻妾成群》里的颂莲最有可能成为上位者，但是她没有。这部小说写的是一个想上位但最终没有或者不愿意上位的人。某种程度上，颂莲从他人身上看到了自己的命运，就像小说中提到的那口水井一样。

陈佐千怏怏地和颂莲一起看着窗外的雨景，这样的时候整个世界都潮湿难耐起来，花园里空无一人，树叶绿得透出凉意。远远地那边的紫藤架被风掠过，摇晃有如人形。颂莲想起那口井，关于井的一些传闻。颂莲说，这园子里的东西有点鬼气。陈佐千说，哪来的鬼气？颂莲朝紫藤架努努嘴，喏，那口井。陈佐千说，不过就死了两个投井的，自寻短见的。颂莲说，死的谁？陈佐千说，反正你也不认识的，是上一辈的两个女眷。颂莲说，是姨太太吧。陈佐千脸色立刻有点难看了，谁告诉你的？颂莲笑笑说谁也没告诉我，我自己看见的，我走到那口井边，一眼就看见两个女人浮在井底里，一个像我，另一个还是像我。陈佐千说，你别胡说了，以后别上那儿去。颂莲拍拍手说，那不行，我还没去问问那两个鬼魂呢，她们为什么投井？陈佐千说，那还用问，免不了是些污秽事情吧。颂莲沉吟良久，后来她突然说了一句，怪不得这园子里修这么多井。原来是为寻死的人挖的。

《妻妾成群》并不把争斗合理化，也不把这种争风吃醋合理化，小说将这些视为悲剧。因此，园子里的水井便成为最重要的象征。颂莲由这些水井看到了自我和自我的命运。而正如小说结尾写到的，梅珊坠井也正应和了那些投井女人的悲惨。《妻妾成群》里给颂莲的结尾也很不一样。

小说的结尾，四太太颂莲并没有成为最终的胜利者。

虽然她在这座宅院中和其他的女性有很多次交锋，比如和二太太交手，假装剪头发剪掉了二太太的耳朵；比如发现了三太太出轨。但是颂莲没有一往无前，她怯懦、纠结，并不想不管不顾地上位，所以最终在和同性的争斗中败下阵来。结尾处，颂莲看到很多真相后，心理上承受不住，精神失常了。在这些争斗中，哪有真正的胜利者？并没有。而梅珊的坠井、颂莲的精神失常对陈佐千来说，又有什么影响吗？也没有。陈佐千马上娶了第五房太太文竹。这便是一种那个时代女性生存的残酷真相。小说中这样说：

文竹来到陈家，看到一个女人，围着废井一圈圈地转。她就问边上的人，她是谁？人家就告诉她，那是原先的四太太，脑子有毛病了。文竹说，她好奇怪，她跟井说什么话？人家就复述颂莲的话说，我不跳，我不跳，她说她不跳井。

"颂莲说她不跳井。"这七个字是小说的结尾。这句话深有意味，因为这句话，这部小说神采奕奕。这句话显示了苏童和其他编剧、作家的旨趣不同，他笔下的颂莲没有满足大众的期待，也没有成为被世界完全打败的女人，这也显示了《妻妾成群》和后来的宫斗戏、家庭剧不同的审美追求。因为，小说家要写出的不是一个女人的扬眉吐气,它要写的是那个时代女性生存的真相。

·Tips·

《妻妾成群》发表于《收获》1989年第6期,后被张艺谋执导为电影《大红灯笼高高挂》。小说讲述了一个女学生颂莲在家族衰败后,到陈府做姨太太的故事。刚进府的时候,颂莲身上洋溢着青春与激情,然而在与后宅四个女人的争斗中,颂莲渐渐失去了年轻女孩儿的天真与纯粹……小说自发表以来,就有着多种解读。有人认为这是有关"吃人"的文本,有人则认为是女性文本,而苏童本人则认为是关于"恐惧"的故事。

第九讲　女性的"衣锦还乡"与男性一样吗

——魏微《异乡》

不久前我看到一个新闻,挺有感触的,就是最新的统计数据表明,城市里女性的购房比例要高于男性。一方面,这说明女性经济地位可能有提高,但是,这也可能是因为,女性和男性对安全感和对家的理解不一样。尤其是在越来越多的人远离家乡的情况下,我们会发现,男性和女性看待家乡、看待土地的方式也不一样。

所以,这节课想讨论的话题是:对女性来说,什么才是衣锦还乡呢?

男女性对故乡的不同理解

男女对待家乡有什么不同，我先讲一个萧军和萧红的故事你就明白。抗日战争时期，东北沦陷，萧军憧憬着打回东北老家的美好景象，要重新做土地的主人，带着萧红去赶集，带着她去吃羊肉。但是躺在萧军身边的萧红，想到的是更现实的问题，因为她之前被父亲开除了族籍，所以她的问题不仅是回去，而是回去后就真的能回家吗？所以她就问萧军说："你们家对于外来的所谓'媳妇'也一样吗？"她又说，"买驴子的买驴子，吃咸盐豆的吃咸盐豆，而我呢？坐在驴子上，所去的仍是生疏的地方，我停着的仍然是别人的家乡。"

虽然萧红的经历有些极端，但从这里也能看出来，我们说的故乡，其实隐含着两层意思。一方面"故乡"是一个实指，是指那个你出生长大的地方；另一方面，"故乡"还有另一层意思，就是这个地方是否能够接纳你。

每年春节前后，大家都会调侃说，那些在大城市外企工作的女性，在公司里叫薇薇安，叫玛丽，等她们过年回到家乡，就变回了村里面的二妞或小芳。玩笑背后，是有个真问题的，当一个在外工作生活的女性回到家乡后，别人会如何看待她，如何认识她？

魏微的《异乡》与《回家》

魏微有个短篇小说叫《异乡》,讲述了一位在外漂泊的青年女性回到故乡时的震惊体验。从小城来到都市的女青年子慧,和她的女友一起被房东当作可疑的外地人审视,"小黄关上门,朝地上啐一口唾沫说:'老太婆以为我们是干那个的'"。而那个时代,正是中国人热衷离开的时代。"他们拖家带口,吆三喝四,从故土奔赴异乡,从异乡奔赴另一个异乡。他们怀着理想、热情,无数张脸被烧得通红,变了人形。"身在异地,饱受歧视,四处奔波讨生活,回忆熟悉温暖的小城成为子慧的习惯,受到委屈和不公时,她便突然想回家,回到她的小城去,因为那里"青山绿水,民风淳朴"。她常常向他人讲述她的故乡,"青石板小路,蜿蜒的石阶,老房子是青砖灰瓦的样式,尖尖的屋顶,白粉墙……一切都是静静的,有水墨画一般的意境。"离开家乡的子慧最终选择回家看看。"现在她不太情愿人家拿她当吉安人。她在外浪迹三年,吃了那么多苦,为的是什么?为的是洗心革面不做吉安人,她要把她身上的吉安气全扫光,从口音、饮食习惯,到走路的姿势、穿着打扮……一切的一切,她要让人搞不懂她是哪里人。"

在故乡，子慧的第一次震惊体验来自他人的目光：

> 她拐了个弯，改走一条甬道，走了一会儿，突然感到背后有眼睛，就在不远的地方，无数双的眼睛，一支支地像箭一样落在她的要害部位，屁股、腰肢……到处都是箭，可是子慧不觉得疼，只感到羞耻。……天哪，这是什么世道，现在她连自己都不信任，她离家三年，本本分分，她却总疑神疑鬼，担心别人以为她是在卖淫。

女主角站在故乡的土地，却感觉到比身处他乡更为冷清。而更大的震惊则源自她的家庭，她的父母。她回到家，自己的行李箱已经被打开，内裤胸罩都被检查了。

> "你生活得很不错，"母亲走到子慧面前，探头在她的脸上照了照，声音几同耳语，"你并不像你说的那么惨，你有很多妖艳的衣服，可是一回到家里，你却扮作良家妇女……"母亲伸手在子慧的衣衫上捏了捏。
> "我三番五次要去看你，"母亲坐回桌子旁，重新恢复了一个法官的派头，"都被你全力阻挠，这意味着什么？意味着你知道我是去偷袭你。三年来我花了几万块钱

的电话费,心里也疑惑着你是个妓女。"

因为在外生活并不窘迫,母亲直接将女儿视作了妓女。——这来自母亲的不信任,给予子慧的震惊远胜于来自大都市陌生人的歧视。小说书写了小城对年轻回乡者的深刻怀疑,也书写了一种伦理关系因此种"不信任"而遭受到的破坏。这种不信任由何而来?或者,因为中国传统文化中对女性身体的看守,但更大的原因则在于大环境中对于"暴富者"的深刻怀疑。《异乡》中子慧有一种非常震惊的体验——她穷,容易被人视作可能会出卖肉体;她不穷,也容易被人视作因靠肉体赚钱——这样的想象,是城市外来女性生存出路狭窄的现实性投射。《异乡》潜藏着一位青年女性在故乡与异乡所受到的双重创伤。

《异乡》还有个姊妹篇《回家》。如果说《异乡》中魏微书写的是清白的回乡女性如何被人猜忌和不接纳,那么《回家》则书写的是被改造的女性的离去与归来。这两部小说形成了有趣的参照关系。警察送小凤一干人等回家,希望这些身体工作者往后清白做人。但家乡和故土并不接纳,母亲也不。

母亲说,凤儿,娘只有你一个女儿……娘全指望着你了。不管怎样,找个人嫁了是真的,只有嫁了人……你吃的那些辛苦才算有了说法。要不你出去混一遭干吗？……你出去混一遭，为的是嫁人。小凤笑道，依你说，我在乡下就没人要啦？母亲拍打芭蕉扇子站起来，自顾自走到屋里去，在门口收住脚，迟疑一会儿道：难啦！

"不管怎样"——母亲并没有和小凤挑明了说，她们心照不宣。《异乡》中母亲的怀疑和武断，《回家》中母亲的不接纳和鼓励出去，都是对寻找家园的青年女性的打击。

什么是女人的衣锦还乡？

回到我们一开始说的女性买房这个问题。看到子慧的种种际遇后，我们会认识到，对女性来讲，房子其实意味着保护，意味着一种安全感，她不用到处寻找家园，她可以通过拥有房子使自己所在之处便是家园。自然，我们也会想到伍尔芙的《一间自己的房间》。对作家来讲，拥有"一个人的房间"，可以安静地写作；对于普通女性来讲，一个人的房间，其实是一种安全感，是一种生活方式的选择。这也就是我看到女性购买房子比例高会很高兴的原因。

什么是女人的衣锦还乡？不是她穿着光鲜亮丽的服

装,不是她嫁了个好男人,不是她有权力和地位,而是她有独立的生活空间,从独立的生活空间开始,进而拥有独立自由的心灵空间,这对成为一位独立女性极为重要。

·Tips·

《异乡》发表于《人民文学》2004年第10期。小说中的女主人公许子慧是在异乡漂泊的都市女白领。在城市,她忍受着被当地人视作"外地人"的审视,当她回到故乡之后,却又在家里遭遇父母对她行李的检查。亲人或陌生人的审视目光,无情地刺向了这位渴望故乡温暖的青年女性的内心深处。

第三篇

爱情话语

第十讲　爱情话语怎样俘虏我们

——张洁《爱，是不能忘记的》

"爱情"这个词，今天已经变成了一个非常日常化的词，现代社会里的每个人，都能理解它的意思。但实际上，"爱情"在中文里并非自古就有，而是一个舶来品，它的所指是慢慢固定下来的。一百年前出现的"爱情"，跟我们今天所谈到的"爱情"，含义并不一样。

"爱情"是一个历史化的词

最早出现关于"爱情"的解释，是在1995年的《现代汉语词典》，叫"男女相爱的感情"。如果翻阅1979年版的《辞海》和1980年版的《词源》，是查不到"爱情"这个词条的。而如果追溯到1911年,当时人们讨论的爱情,和今天我们对"爱情"的定义,也不一样。1911年,《妇女时报》上有篇文章叫作《妇女心理学》,里面有一节叫《论爱情》。作者认为男女之爱、母子之爱都是爱情,而且爱情不关乎实质,只关乎精神。

1917年,《新青年》发表了苏曼殊的《碎簪记》。《碎簪记》描写了一对青年男女相爱而不得的爱情故事。里面有一个情节,就是一对相爱的年轻人,因为家里不同意他们在一起,只能相对无言,默默伤感。旁边有个外国人喊:"Love is enough!"意思是有爱就够了,为什么你们还要其他的东西?

用两种语言来说不同的爱情观,这个情节其实是非常有意思的。在西方人眼里,除了爱情,其他都不重要。但在清末民初的青年人眼里,还有父母之命和婚姻命运。所以两个青年人虽然两情相悦,也只能默默无语。

经过五四洗礼后的1923年,《创造季刊》发表了冯沅君的《隔绝》。这部小说里就有一句话:"谁也不能阻止我们的爱情,不得爱情,我宁死。"从这个细节可以发现,这时候的"爱情",和1911年所说的"爱情"已经不同了,十年之间,年轻人对爱情的理解,发生了非常大的变化。

鲁迅曾经发表过一篇文章《随想录40》，他引用一位青年的信："我是一个可怜的中国人。爱情，我不知道你是什么。"然后鲁迅说："这是血的蒸汽，醒过来的人的真声音。爱情是什么东西？我也不知道。中国的男女大抵一对或一群——一男多女——的住着，不知道有谁知道。……可是魔鬼手上，终有漏光的处所，掩不住光明：人之子醒了；他知道了人类间应有爱情；知道了从前一班少的老的所犯的罪恶；于是起了苦闷，张口发出这叫声。"

也就是说，在1919年的时候，中国知识分子开始意识到，爱情是人之子苏醒的标志。在爱情面前，我们习以为常的"妻妾成群"，就变成了一种苦难和罪恶。所以爱情被看成是人区别于动物的标志，是人最基本的权利，对至高无上的爱情的呼唤，也成了一代青年人的梦想。

1923年《妇女杂志》第8卷第9号上，编辑章锡琛关于爱情与恋爱的转化过程有一个叙述：

"LOVE"这一个词，在中国不但向来没有这概念，而且也没有这名词。近来虽然勉强把他译成"恋爱"，但概念还是没有，所以许多人只是把他和"奸淫"作同一解释；这便是一般人反对谈恋爱的最大的原因。这种反对，原无足怪。因为在中国的书籍上、历史上、道德上、习惯上、法律和制度上，都没有所谓恋爱……我们要勉强去找，孔子所谓"《关雎》乐而不淫"或者还相近似；《关雎》中所谓"求之不得寤寐思服，优哉游哉，辗转反侧"，也较近于恋爱的态度。但因那时是多妻制度最盛行的时代，所以这种描写，是否仅出于诗人的空想，也未可知……在中国人的脑筋中盘踞着的，只有"奸淫"，所以说到"恋爱"，便和"奸淫"的概念混杂了。然而"奸淫"之于"恋爱"，正如莠之于苗，紫之于朱，虽相似而大不同的。

从"奸淫"到"爱情"，从否定到神圣，这段话非常形象地概括了"LOVE"在中国被翻译、重新诠释与接受的过程。"爱情"进入中国，改变了中国人对于情感的认知与理解方式。正是通过爱情话题的讨论、争辩，到了1925年左右的中国媒体空间里，恋爱成为人们日常生活的组成部分。

爱情话语的建构，对于中国社会非常重要。就像以往男女谈恋爱私奔，我们管它叫"私奔"，后来则变成了"离家出走"，再后来就是"为了爱情在一起"。以往见不得人的变成了高贵的，爱情由此成为一种信仰。一百年来，我们判断一个人是否幸福的标志，实际上就看他/她是否拥有爱情。某种意义上，爱情变成了一个人生活幸福的标志。

《爱，是不能忘记的》讲述了爱情对于现代社会的重要性

关于爱情的小说有很多，我想讨论的是作家张洁的《爱，是不能忘记的》。这部小说发表于1979年，通过它，我们能够认识到爱情对于人、对于现代社会的重要性。小说通过女主人公的回忆，讲述了母亲一生的爱情故事。母亲是一个单身女性，一位作家，她爱上了一个革命老干部。这个老干部是有家庭、有妻子的，因此两个人是默默相爱。

那么，女儿是怎么知道他们之间的爱情的呢？因为女儿看了母亲的日记，读完母亲的日记后女儿意识到，母亲和这个人是柏拉图式的精神恋爱。母亲在日记里写下对这个男人二十多年来的爱，二十多年来那个男人占有她全部的情感，她得不到他，也从未得到过。但她把爱的感受写在笔记本上，她在日记本上和那个男人交谈，每时、每天、每月、每年。说起来令人震惊，他们两人之间最亲密

的一次接触,是在一起散步,但他们最终也没有说出"我爱你"这三个字,甚至连手都没有握过,更不要说其他。但不管发生了什么,母亲确认他们是相爱的。尽管没有什么人间的法律和道义把他们拴在一起,尽管他们连一次手也没有握过,他们却完全占有对方,什么也不能将他们分离。所以,母亲的日记名也成了这部小说的题目:《爱,是不能忘记的》。

当年,这部小说影响了很多人对爱情的理解,它让人相信,真正的爱情关乎灵魂。这部小说关于爱的看法,也特别有意思。小说里,女儿问母亲:"你爱我的父亲吗?"母亲回答说:"不爱。"女儿就说:"既然你不爱他,为什么又和他结婚生了孩子?"母亲说:"人在年轻时不一定了解自己想要的究竟是什么,甚至别人的起哄,也会促成一桩婚姻。等到你长大一些、更成熟一些的时候,你就会明白你真正需要的是什么。"

小说中,女儿自己也面临选择。她交往的一个男孩子非常英俊,但是头脑比较简单,是一个只有漂亮皮囊的男性,所以这个女孩不知道自己该怎么办。在这种情况下,母亲对女儿的情感际遇,应该怎么说呢?母亲跟女儿说:"珊珊,你要是吃不准自己究竟要的是什么,我看你就是独身生活下去,也比糊里糊涂地嫁出去要好得多。"女儿回答说:"我不想嫁人,因为可能遇不到合适的。"母亲说:"要是遇见合适的,还是应该结婚。我说的是合适的!"女儿告诉母亲:"恐怕没有什么合适的。"母亲说:"有还是有,不过难一点——因为世界是这么大,我担心的是你会不会遇上就是了!"

可以说,这位母亲对自己女儿婚姻的态度,即便到了今天也算得上非常前卫、非常开明。小说里还有一句我非常喜欢的话,是女儿对母亲的评价:"她并不关心我嫁得出去还是嫁不出去,她关心的倒是婚姻的实质。"

《爱,是不能忘记的》已经发表四十多年了,今天看起来依然有切肤感和现实性。今天我们讨论爱情,总是会说到颜值,说到房子,说到车,说到财产……可是,最重要的难道不是爱本身吗?小说表达了对爱情的推崇,但它同时也说:如果你遇不到爱,勉强进入婚姻,并不是一种好的选择。

小说里还写到,如果一个人老是不结婚,就会变成对旧意识的挑战,别人就会怀疑你的神经出了毛病,有什么隐私或者政治上有什么问题,等等。很多人都是屈服于这种意识的压力而草草结了婚,来日又为这不能摆脱的镣铐而束缚终身。所以小说的结尾说:

我真想大声疾呼地说:"别管人家的闲事吧,让我们耐心地等待着,等着那呼唤我们的人,即使等不到也不要糊里糊涂地结婚!不要担心这么一来独身生活会成为一种可怕的灾难。要知道,这兴许正是社会生活在文化、教养、趣味等等方面进化的一种表现!"

要遵从自己内心对爱的理解

虽然,这个小说里面有一些时代性的词语,但四十多年前那个女孩子的困惑和坚定,那种对婚姻和情感的理解,在今天依然有现实意义。比如说,今天我们还在讨论女性三十岁为什么不结婚,以及所谓"剩女"的说法。读了这部《爱,是不能忘记的》,你就会意识到,其实"剩女"这个词根本不应该存在。

《爱,是不能忘记的》这个题目其实有两层含义:第一层是,在婚姻里,爱是不能忘记的;第二层是,无论在什么时候,爱都是不能被忘记的。不应该屈从于其他外界的压力,不应该改变自己来迎合别人的目光,而要遵从自己内心对爱的理解和认知。四十多年过去,我们回过头看这部小说,会发现它有一种穿越时光的魅力,而之所以有这种穿越时光的魅力,就是因为作者真诚、直率,对爱、对女性生活有着独立的认识和理解。

如果，今天的你还在为爱情、婚姻、家庭的问题感到困扰，不妨去读一读这部小说。现在很多媒体、自媒体喜欢给女性制造焦虑，就像小说里写的，很多人也会屈服于社会的压力，稀里糊涂进入婚姻。但读了这部小说，也许会帮助你缓解这种焦虑，让你能更从容地去寻找自己。

·Tips·

《爱，是不能忘记的》发表于《北京文艺》1979年第11期，后收录于张洁的同名小说散文集。《爱，是不能忘记的》属于张洁的早期作品，主人公"我"是一名大龄未婚女青年，正处于面对婚姻的困惑阶段。"我"无意之间在母亲的日记中发现了一个秘密：原来母亲一直爱慕着一个男人，而这个男人也爱我的母亲。但由于种种原因，两人无法终成眷属。这段数十年的"柏拉图"式的爱情，让"我"明白了"爱，是不能忘记的"。2018年，本篇小说入选改革开放四十年最具影响力小说。

第十一讲　金钱能否真正衡量爱情

——魏微《化妆》

有个爱情选择,似乎一直被讨论,即如何看待"宁愿在宝马车里哭,不愿意在自行车上笑"。"宝马"重要还是"自行车"重要,这是属于我们时代爱情的两难选择吗?我不知道。但是,我以为,讨论"宝马"还是"自行车",其实内在里讨论的都是物质,牵涉的是爱情是否应该被估价,以及如何被估价。这次我想讨论的短篇小说《化妆》,就写到了如何衡量爱情的问题,它从一个女人的十年感情际遇说起。

爱情中的自我物化

《化妆》的主人公叫嘉丽，小说的第一段是："十年前，嘉丽还是个穷学生。沉默，讷言，走路慢吞吞的。她长得既不难看，也不十分漂亮。像校园里的大部分女生一样，她戴着一副厚眼镜。"这段话提示我们，小说要写的是十年来的故事，要先从十年前开始说起。

十年前嘉丽是个大学生，大学四年过得很平静。大学最后一个学期，她被分到中级人民法院实习，爱上了实习科室的科长，并且和他有了关系。当年嘉丽二十二岁，她觉得自己有爱情，什么都不怕。但是，她从小到大家里很穷，因此，在实习过程中，她慢慢有了金钱的概念。有一次，科长给她买了只戒指，她不要，因为穷惯了，而且也不需要什么戒指。虽然不想要这个戒指，但是她内心里估算了戒指的钱，她估价那个戒指大概有五百块钱，最后她收下了。科长带她去挑衣服，嘉丽并不喜欢他买的衣服，因为颜色过于鲜亮，但她又好奇衣服价格。最后，她忍不住去百货公司看了衣服的价格，小说写道："结果她很伤心，他买的是最低档的衣服，他舍不得钱。"她又想去金店估戒指的价格，但并没有真去。最后一次，嘉丽实习完了要离开，科长给了她三百块钱，他说："我对不起你，钱不多。"小说里说，嘉丽突然从床上跃起来，尖叫，因为她觉得自己不能要这个钱。

嘉丽身上有很多矛盾的地方。一方面，她认为钱与情感是不能挂钩的，她和她的感情是不能被物化的。但另一方面，她在内心里又去偷偷估价对方的礼物，以此来判断对方对她的感情到了哪一个地步，发现衣服不值钱后内心也是伤心的，因为这样也就意味着她在科长那里并没有那么"值钱"。

这样的细节让人想到张爱玲《色戒》里的"鸽子蛋"。为什么王佳芝认为老易爱她，鸽子蛋钻戒起了关键作用，如果老易送给王佳芝的是五百块钱的金戒指，她大概不会感动，更不会提醒他"快跑"。也就是说，从看到鸽子蛋那个时刻起，王佳芝心中的爱情和鸽子蛋画上了等号。波伏娃在《第二性》中曾经讨论过，女性一直以来被物化，最后潜移默化会自我物化，内在形成一种根深蒂固的无意识。当嘉丽一次次去商店看科长送她的礼物值多少钱时，其实她内在里便是自我物化，这给她带来很大痛苦和矛盾。

他者对女性生存手段的想象

小说接下来写了十年之后。嘉丽开了律师事务所，一个人把事务所撑起来，开的是奥迪车，单身女性，生活富裕。钱越来越多，但是也不是很快乐。有一天她接到了电话，是科长打来的。嘉丽并不知道他是怎么找到她的，反正他找到了她。科长来到了嘉丽的城市，要求见面。他说找了她很久，还问她说："你变了吗？"嘉丽回答说："我老了。"科长也说："我老了。"那一刻嘉丽知道自己在撒谎，但又狠心加了一句"我已经离婚了"。

两个人约了晚上见。一开始嘉丽只是想做个头发，去精品店买件衣服。但是，走出办公室的时候她打算化妆变成另外一个人：黯淡、自卑、贫困、失婚的女人，她想看看科长是不是真的爱她。于是她穿了破旧的衣服，没有化妆就出了家门。在路上她遇到熟人，那个人看了她一会儿，说"认错了"就走了。这时候嘉丽意识到，当她的装扮和衣服发生了很大变化时，她自己的身份也发生着变化，在别人眼里，她变成了另一个女人。

来到科长的宾馆，他老了，四十多岁了，科长问了她的家庭，她骗了他，后来他们进一个小饭馆吃饭。再后来，在床上，他问她"你靠什么生活"，还问她"你有病吗",因为科长怀疑她整个人是不干净的。在科长那里,他原本以为前女友应该事业有成,没想到她是穷苦的。同时,他也很担心这个女人会威胁到他的生活。嘉丽离开的时候,男人甚至跟她说:"这次我不会给你钱,我不欠你的。"嘉丽离开科长后,走在路上,感慨万千,小说就此结尾。

嘉丽一直处于矛盾中,特别希望遇到跟钱没有关系的爱情,但失败了。——恋爱的时候她会用礼物价值几何来估价爱情;再见面的时候她又不希望男人物化她,作家把爱情和金钱,身体和金钱之间的关系进行了一次深度揭示。

读这篇小说会认识到,作为成功女性,在讨论自己情感的时候,嘉丽在不由自主地自我物化。没钱的时候,她物化自己;有钱的时候,她看到了男人对她更为严重更为赤裸的物化。但她也是勇敢的。日常生活中,我们很少有人敢像嘉丽这样去做,见到老朋友的时候,大家都穿得光鲜,甚至希望抬高自己目前的身份,而不想降低身份。但嘉丽却这样做了。于是,她看到了生活的真相,看到了女性,尤其是中年女性生存的真相。她认识到没有物质的装饰,一个女性获得尊严、尊重和爱情后,也可能会全部失去。所以,《化妆》是非常有意味的揭示,当然,所谓

"化妆",不只是衣饰的化妆,更是身份和情感的化妆。作家把我们这个时代女性所处的这种窘迫的处境,或者说人和人之间最本质的关系写了出来。

特别要提到的是,当嘉丽以贫穷的衣着叙述她的下岗离异时,科长的表情是"怜悯中开始有了鄙夷",他甚至怀疑她在用某种见不得人的方式生活。而正是由于科长的这个想象,击垮了嘉丽。与此同时,嘉丽在看科长时,她实际上也在物化他,她也是在用金钱、贫穷这样的东西去衡量他,情感在这里已经不重要。

无论怎样,小说中嘉丽衡量自己价值的尺度永远都不是自己。她对于自己的期望、自己内在的尺度没有清晰的认知。不管是科长还是戒指还是衣服还是其他有钱人,她衡量自我价值的尺度是自己之外的任何东西。在她不断测试其他人的时候,她也像一面镜子一样,以个人照见了人和人之间交往的准绳,不是真情,也不是信任,而是除此之外的金钱关系或物质关系。

魏微在《一个年龄的性意识》里说:"我喜欢把一切东西与时代挂钩,找出个体后面那博大精深的背景和底子。个人是渺小单薄的,时代是气壮山河的,我们得有点依靠。"个人和时代是什么样的关系?这和嘉丽所处时代的人们判断标准固然有关系,但是,作为一个有主体性的人，如何从这样的物质判断中跳脱出来，重新获得精神上的主体性，也就变得特别重要。

重要的是笑，重要的是爱

回到开头说的问题。"宁愿在宝马里哭，也不想在自行车上笑"这样隐在的价值判断，显然是有问题的，一如小说里用钱来估价爱情。一些人认为宝马显然比自行车要贵，所以坐在宝马里的人的爱情要比骑自行车的人的爱情贵。另一些人则表态说，自己想选自行车，因为自行车的生活朴素。但是，宝马和自行车并不是判断爱情的指标。并不是说坐在宝马车里的人就一定不能得到爱情，一如骑自行车的人也不一定永远会欢笑。爱情跟自行车没有必然关系，跟宝马也没有。二者都不是衡量爱情最重要的砝码。我的意思是，重要的不是宝马和自行车，而是笑和哭的问题。爱情里，笑比哭重要，爱情里，没有什么比爱本身更重要。

Tips

　　《化妆》发表于《花城》2003年第5期，获得第二届中国小说学会短篇小说大奖。小说的女主人公叫嘉丽，作为一位女大学生，在实习过程时，嘉丽与科长发生了爱情。一方面，嘉丽渴望没有物质掺杂的爱情。另一方面，嘉丽用科长送给自己的礼物来衡量自己在他心目中的地位。十年后，当嘉丽事业有成时，她接到了科长的电话。这一次，她决定通过化妆的方式假扮成穷人去见科长，测试科长对自己的态度。面对落魄的嘉丽，科长的怜悯中有了鄙夷的色彩。这篇小说向我们揭示了女性如何不自觉地陷入自我物化的陷阱中。作为一个有主体性的人，如何从这样的逻辑中跳脱出来是值得思考的。

第十二讲　能像侦破案件一样侦破爱情吗

——东西《回响》

如何判断另一半变心或者出轨了，每个人都有自己的方式。这种判断标准很微妙，但也很有意思。这一节我想讨论的问题是，能够像破案一样破解爱情吗？我想从作家东西的长篇小说《回响》说起。这是一部推理小说，但不是通常意义上的推理探案小说，作家实际是用推理的方式写日常生活，写我们的情感生活。

对爱情的执迷

《回响》有两条线索：一条线索是案件，一个年轻的女孩被杀了，到底是谁杀了她？从这个线索出发，我们会看到一个年轻女孩的人生波折；另外一条线索关于办案女警冉咚咚，她是小说的女主角。尽管小说围绕着案件展开，但实际上这个小说主要聚焦于冉咚咚的情感和婚姻问题。

冉咚咚是性格鲜明、办事果断的女性。而且，她有个特点，就是特别渴望掌控一切。她对情感的处理方式也像破案一样。比如说她跟前男友谈恋爱时，特别想知道他是否真的爱她，于是，就在家里模拟了一个刑讯室，男友坐在对面，她用灯光照着他问："你爱我吗？"这样的场景下，她相信自己会从对方的眼神里看到慌张或者真情。

冉咚咚的丈夫慕达夫是大学教授，文学批评家。丈夫很爱她，她也信任她的丈夫，但是在办案过程中，冉咚咚无意间发现了丈夫在宾馆的开房记录。她发现他总是在某个月的20号，情感的堤坝一下子被冲破，于是她像审犯人一样审问他。不管慕达夫怎么解释，她都会觉得他在躲避、掩藏，即使别人已经签字证明他的行踪，她依然不信。裂隙越来越大，她开始像对待案件一样对待家里的各种蛛丝马迹，她像追踪犯人一样追踪丈夫的行踪。她不停地追问他，"你爱我吗"，即使每次都能够得到确定和肯定的回答，但她依然会半信半疑地问，"你说你爱我的时候，你脑子里是不是还会想别人"这样的问题。

小说中，女主人公没有办法说服自己，丈夫是全心全意地爱她，于是选择离婚。但是，内心又极不希望丈夫真的像她想的那样，在矛盾与纠结、"信"与"不信"中，她进退两难。即使是在办理离婚手续时，她也依然在信与不信里徘徊：

其实，我一直希望你坚持，从提出离婚的那一刻起。我希望你不要在协议上签字，可你不仅签了，签的时候还甩了一个飞笔，好像挺潇洒，好像彻底解脱了。别人离婚要么一哭二闹三上吊，可你一招都没用，生怕一用就像买股票被套牢似的。无论是生活或者工作，你一直都在使用逆反心理，但唯独在跟我离婚这件事情上你不逆反。我知道你并不在乎我们的婚姻，虽然你口口声声说不想离，但潜意识却在搭顺风车，就坡下驴，既能顺利把婚离了又不用背负道德责任，既能假装痛苦摆脱旧爱又能暗暗高兴地投奔新欢。好一个慕达夫，原来你一直在跟我将计就计。

丈夫是专一的，丈夫是深爱她的，但是，"不信"却在冉咚咚那里占了极大比重，近乎病态与偏执。《回响》写的是情感，写的也是我们时代人理解爱情的方式。从这部小说中，我们很容易看出来，这个女性极度希望从丈夫或他人那里获得一种确认，确认自己是被爱的，她才会安稳。在她那里，一个被爱的女人才有价值，她用是否被男人爱着判定自我的价值，即使她在工作上已经如此出色的情况下，她依然要索取他对自我的认可。

用他人的爱来确认自我的价值是内心极度不自信的表现。某种程度上，冉咚咚有点像波伏瓦在《第二性》里所提到的那类女性，"有一些女性把情感作为生活唯一、至高无上的东西，把男人对自己的爱作为最高的东西，如果没有那个东西她就不能确认自我"。其实，无论男女，用是否能获得他人爱情来确认自我的方式都是值得反思的，爱情固然重要，爱情固然伟大，但是，爱情并不是人生的最高价值。

爱情里的不安感

冉咚咚身上的强势其实只是表象，内在里她依赖别人的爱，因为依赖，不安感便也越强，觉得他人不可信。而最终读者也发现，就连冉咚咚自己也并不是可信的，她也欺骗她的丈夫、欺骗精神科大夫。在质疑丈夫的过程中她不得不发现，自己一面要求丈夫证明他爱她，同时她心里也爱着刑警队里年轻的邵天伟。她意识到，当她怀疑丈夫

出轨时,她内心里也已经有了别人。她甚至也享受被新的爱人亲吻的美妙:

> 她已经好久没体会到这种战栗了,时而把自己忘情地交给他,时而又害怕把自己彻底地交给他,忘情时是那么愉悦和幸福,犹豫时是那么紧张和害怕,她从来没经历过既紧张又害怕的吻……他说嫁给我吧。她嗯嗯地应着,说你爱我吗?他说爱。她说我要的是爱我一辈子。他说我一辈子爱你。……

这让人意识到,冉咚咚对于爱情有一种执迷、有一种极端的占有欲,当她不断追问丈夫或邵天伟是否爱自己,当她要求丈夫必须心无旁骛时,恰恰表明了她的不安感和她的情感危机。因为,那并不是人格平等的爱,也并不是基于信任之上的爱。对爱情的极度依恋、对情感的绝对掌控、对恋爱对象的绝对控制真的是一种强大吗?这让人困惑生疑。

什么是真正的爱,强势的人是否就是强大的人;强势地、执着地要求对方爱自己的人便是真正懂得爱吗……不断追问爱不爱的人,很可能正是情感关系里面有不安全感的人,越渴望成为掌控者其实越是虚弱者。而冉咚咚并不是个例，在情感里缺少安全感、对于情感与人性极度依赖又极度怀疑的人比比皆是，这位女性身上带有我们时代情感的症候，她是"内卷"到我们时代爱情话语中的典型女性。

所以，某种意义上，她在办别人案子的时候也在办自己的案子，这案件就像镜子一样，她在解别人的情感困惑时也在解自己的困惑。在这样的逻辑之下，读者会发现，她和丈夫的情感关系发生了内在的反转。当她不断地追问她的丈夫"你爱我吗""你有没有出轨"时，看起来她是一个强者，反而她是卑微的那一个。

"爱情危机"的内卷

有个场景意味深长。嫌疑人的妻子沈小迎开车载着冉咚咚，她们几乎同时看到双方丈夫曾出入过的大酒店，沈小迎注意到冉咚咚脸上的表情，马上对冉咚咚婚姻做出了判断。这是属于我们时代人的微表情，当微妙的信号在两个人之间达成某种默契和心照不宣时，那正意味着一种难以名状的情感传染病在蔓延——原来你我都是爱的怀疑者、匮乏者，原来我们内心都有对完整心灵世界的渴望，对那种稳定的、踏实的情感的渴望。

这个小说的题目是《回响》，实际上是时代情感模式在现实中的一种回响。在爱情关系里你如何自证，什么是真正的爱？如果一个人要通过他人的点头来确认自我是否被爱，那这个人是不是强大、自由和独立的个体？

谁能像破案一样破解爱情呢？小说中，慕达夫对用侦破案件的方式来捕捉爱情的这种蛛丝马迹表示深度怀疑："别以为你破了几个案件就能侦破人性，就能归类概括总结人类的所有情感，你接触到的犯人不过是有限的几个心理病态标本，他们怎么能代表全人类，感情远比案件复杂，就像心灵远比天空宽广。"

"感情远比案件复杂，就像心灵远比天空宽广"，这话说得好。当冉咚咚不断地像侦破案件一样侦破爱情的时候，是在用单一的标准去评价感情——感情是复杂的灰色地带，爱情不是方程式，不是非黑即白的存在，不是水泥地或天花板。人的情感或者爱情远比这些复杂，要用复杂的方式面对它。与其不断追索他人的感情，不如先建设自己的心灵。心与心的相近，远不是探测雷达或者调取大数据能够解决的。

·Tips·

　　《回响》是作家东西于2021年出版的长篇小说，是一部双线索的作品。一个线索是，它讲述了以女警察冉咚咚为刑侦负责人侦破大坑案的故事；另一线索则是女警察冉咚咚在办案过程中无意发现丈夫慕达夫在酒店的开房记录，于是怀疑丈夫出轨。小说书写了冉咚咚面对婚姻、家庭既紧张无助又极度怀疑的精神压力，悬疑推理的故事外壳背后，展现的是现代社会中人的心灵真相与情感危机。

第十三讲　女性在爱情中如何成为自己

—— 王安忆《我爱比尔》

这节课，我要分享一部我特别喜欢的小说，叫作《我爱比尔》，是作家王安忆写的。《我爱比尔》是很长时间以来，深刻影响我的一部作品，在当代文学史上已是经典作品。

恋爱双方的不可沟通性

小说发表于1996年。"我爱比尔"这个题目中，"我"是谁呢？"我"是阿三，是师范大学艺术系里的一个大学生。故事写的是20世纪90年代，那是一个非常活跃的年头，阿三在上海，她的同学们经常会出入展览会、音乐厅、剧场。那"比尔"又是谁呢？比尔是美国驻沪领事馆的一名文化官员。他们向来关注中国民间性质的文化活动，再加上比尔的年轻和积极，自然就出现在阿三并不起眼的画展上了。比尔穿着牛仔裤，条纹衬衣，栗色的头发，喜盈盈的眼睛，是那类电影上、电视上经常出现的典型美国青年形象。他自我介绍道：我是毕和瑞。这是他的汉语老师替他起的中国名字，显然，他引以为荣。他对阿三说，她的画具有前卫性。这使阿三欣喜若狂。他用清晰、准确且稚气十足的汉语说："事实上，我们并不需要你来告诉什么，我们看见了我们需要的东西，就足够了。"

"我们并不需要你来告诉什么，我们看见了我们需要的东西，就足够了。"这样的对话深有意味。比尔爱中国，爱中国的饭菜、中国的文字、中国的京剧、中国人的脸。阿三则特别喜欢西洋艺术，西方文明，也特别喜欢美国。一个喜欢中国，一个喜欢美国，两个人非常自然地恋爱了，关系越来越亲密。

两个人一起去周庄，一起做了很多事情，比尔会有一些冲动，但他面对阿三的时候，还是克制住了自己，因为他想到中国女性的贞操观。他的汉语老师曾经给他讲过一本中国古代的《列女传》，给他留下了非常崇高和恐怖的印象,所以他和阿三相处的时候,就努力使自己平静下来。但阿三提起的心就放不下了,因为阿三很喜欢比尔,她不知道为什么比尔会平静下来,很想知道自己做错了什么,让比尔没了兴趣,是不是因为她不够主动,让比尔没兴趣呢?所以阿三就用各种方式让比尔高兴,或者是让比尔对她产生兴趣。

当然他们俩后来上床了。

有一次,比尔对阿三说:"虽然你的样子是完全的中国女孩,可是你的精神,更接近于我们西方人。这是他为阿三的神秘找到的答案。"

阿三提出了一个前所未有的问题:比尔,你喜欢我吗?比尔回答道:非常喜欢。由于他接得那么快,阿三反有些不满足,觉得准备良久的一件事情却这么简单地过去了。她想:下一回,她要问'爱'这个字。比尔对'爱'总该是郑重的吧!可是,她也犹豫,问"爱"合适不合适。

其实,阿三也问过比尔喜欢她什么。"比尔认真地想了一会儿,然后说:谦逊。阿三听了,脸上的笑容不觉停了停。比尔又说:谦逊是一种高尚的美德。阿三在心里说：那可不是我喜欢的美德，嘴上却道：谢谢，比尔。话里有讽意的，直心眼的比尔却没听出来。"读这部小说，感觉会很奇妙，虽然题目叫《我爱比尔》，但它并不是以阿三的视角去写，而是全知的视角。作为读者，我们既可以清晰地了解到阿三对于爱情那种隐匿的热情和渴望，也可以看到比尔的反应。阿三很爱比尔，用想象中比尔喜欢的样子去爱，但其实她错了。比尔的反应和阿三的沉迷，互相形成呼应。某种意义上，阿三不仅仅是在讨好比尔，也在讨好比尔所代表的美国文化、西方文化。

小说里比尔作为西方人的属性非常强烈，比如他会对阿三说，你更接近我们西方人，阿三会认为比尔很喜欢这样的人。他们走在大街上，比尔会故意说这是什么地方？是曼哈顿？曼谷？吉隆坡？梵蒂冈？阿三听到这些胡话，心里欢喜得不得了。阿三用各种方式来讨比尔的喜欢，也希望比尔爱上自己，她沉湎于爱的幻觉。

接下来，小说狰狞的一面就出现了，比尔告诉阿三，他要离开中国，去韩国大使馆工作了。阿三自然会问起，他们的关系应该怎么办，比尔告诉阿三，作为我们国家的一名外交官员，不允许与共产主义国家的女孩子恋爱。所以当阿三还沉迷于幻觉和想象的时候，现实露出了强硬、狰狞和无情的一面，比尔和阿三之间，有着无法逾越的沟壑。

比尔再也没有了消息,阿三一直渴望找到第二个比尔,她遇到了法国人马丁。阿三不断地画一些她自认为外国人更喜欢的画,但是马丁告诉她,他喜欢的是更中国的画,而不是像西方的画。进一步地,马丁还告诉阿三,他并不爱她,阿三非常难过,不愿意接受这件事。

越到后来,小说的"我爱比尔"越成为一种不断的想象。全知视角让我们看到,当阿三不断追求"比尔"或"马丁",以及那些可能与比尔、马丁相像的外国人的时候,她可能已经进入了她的自我幻觉。阿三认为她终究会找到她的爱情,但旁观者则都看到,阿三其实找不到。到了后半部分,实际上阿三已经变成了一个妓女,她会在国际酒店,找外国男人,她被抓了起来。当别人说她是妓女的时候,她一点也不承认,因为她不断强调自己是不卖的,证明自己和其他妓女的不一样。她觉得自己在精神上是为了爱,但在很多人眼里,阿三就是在不断寻找能产生感情的外国人。所以小说其实书写了一种非常奇怪,或者说非常矛盾和扭结的关系。阿三以为是这样,实际上比尔认为是那样;阿三以为他是这样的人,实际上他是那样的人;阿三以为自己是这样的,其实在别人眼里她是那样的。

《我爱比尔》是怎样结尾的呢？阿三被送到了劳改农场去改造，后来她从劳改农场逃了出来。逃出来以后，在一个村子里，阿三躲藏的时候发现了一个鸡蛋。

这是一个处女蛋，阿三想，忽然间，她手心里感觉到一阵温暖，是那个小母鸡的柔软的纯洁的羞涩的体温。天哪！它为什么要把这处女蛋藏起来，藏起来是为了不给谁看的？阿三的心被刺痛了，一些联想涌上心头。她将鸡蛋握在掌心，埋头哭了。

处女蛋这个细节，实际上跟前文是有照应的。阿三和比尔初次有亲密关系的时候，阿三还是个处女，她发现了自己出了血，但为了证明她是精神上很"美国"的女孩，所以她把血给藏了起来。而在当时，比尔认为在中国人那里，性其实是非常严肃和郑重的事情，但他却没有发现阿三对这件事情那么看重，所以他有一点惆怅，觉得阿三不是他心目中的女孩。所以，你看，在阿三和比尔的关系里，我们看到了一个真相：女人和男人在性与情感关系上有某种不可沟通性。

爱情和欲望，是各种文化杂糅的结果

除此之外，小说还写了一个女性如何理解自己和爱情的关系。阿三一直想成为比尔爱的那个人，为了成为那个人，就像小母鸡隐藏处女蛋一样，她克制着自己可能不被别人喜欢的东西，不断地付出。但是正如我们全知视角所知道的，她隐藏的恰恰是比尔所喜欢的。这样的全知视角，也让我们可以从个人视角里跳出来，看到在爱情中，一个女性如果泯灭了自我，把获得爱情建立在牺牲自我感受的基础上，那她最终还是会失败。

当然，在这样一个故事里，我们也可以看到，小说也是民族身份、西方经验和东方经验，第一世界和第三世界沟通艰难的隐喻。美国文学批评家詹姆逊就曾说过，所有第三世界的文本均带有寓言性和特殊性：我们应该把这些文本当作民族寓言来阅读。

也就是说，小说表层讲的是男女故事，但内在里是东西方文化的遭逢。阿三看比尔的时候，不仅仅是看到一个男人，还看到了她心目中的有关西方的想象。比如小说中有一段话说，"阿三看比尔的时候，就想起小时候曾看过一个电影，阿尔巴尼亚的，名字叫作《第八个是铜像》。比尔就是'铜像'。阿尔巴尼亚电影是那个年代里唯一的

西方电影,所以阿三印象深刻。她摸摸比尔,真是钢筋铁骨一般。可她也知道,这铜像的芯子里,是很柔软的温情,那是从他眼睛里看出来的。他们两人互相看着,都觉着不像人,离现实很远的,是一种想象样的东西。"而谈到对彼此的理解,比尔也并不把阿三当作真正的中国女孩子。

有一次,比尔对阿三说:虽然你的样子是完全的中国女孩,可是你的精神,更接近于我们西方人。这是他为阿三的神秘找到的答案。阿三听了,笑笑,说:我不懂什么精神才是西方的。比尔倒有些说不出话来,想了想,说:中国人重视的是"道",西方人则是将"人"放在首位。阿三就和他说《秋江》这出戏,小尼姑如何思凡,下山投奔民间。比尔听得很出神,然后赞叹道:这故事很像发生在西方。阿三就嗤之以鼻:好东西都在西方!比尔又给她搅糊涂了,不知事情从何说起。但比尔还是感觉到,他与阿三之间,是有着一些误解的,只不过找不出症结来。阿三却是要比尔清楚,这其实是一个困扰着她的矛盾,那就是,她不希望比尔将她看作一个中国女孩,可是她所以吸引比尔,就是因为她是一个中国女孩。由于这矛盾,就使她的行为会出现摇摆不定的情形。还有,就是使她竭力要寻找出中西方合流的那一点，以此来调和她的矛盾处境。

总结一下，这个故事其实想说的是，爱情里的女性，往往很想成为爱人眼中的自己，但不一定是她想成为的自己。但从阿三的故事里，我们可以看到这种爱情里有一些令人绝望的不可沟通性。在《我爱比尔》里，我们会看到，真正的爱情是成为自己，永远获得不了的爱情其实是因为永远没有成为自己。当然，我也要特别提到，很多时候，爱情其实也跟我们的民族国家身份有关。就此而言，小说里有王安忆对民族文化主体性的思考，民族国家主体建构的重要性，尤其是三十年过去我们重新看，阿三的某种仰慕显得极为幼稚和可笑，小说家给这个女主人公起名叫"阿三"，其实还是值得细品的。

某种意义上，《我爱比尔》是将爱情故事和民族文化主体性进行并置思考的作品。小说虽然写的是阿三的爱情故事，但是作为作家的王安忆，恐怕也想要表达：在所谓的全球化时代里，一个中国人，一个中国作家应该怎么办？是隐藏本真的自己，成为别人喜欢的人，还是成为本来的自我呢？我想，三十年前的她可能已经有了自己的答案。

·*Tips*·

《我爱比尔》发表于《收获》1996年第1期。小说的女主人公名叫阿三,阿三深爱比尔和他所代表的西方文化,比尔从她的生活中消失之后,她又交往了其他外籍男友,包括马丁以及其他一些外国男人。阿三努力让自己也变得西方化,但这些人都无一例外地将她抛弃。阿三也从女学生堕落为妓女,最终沦为了劳改犯。小说以阿三逃出劳改工厂,在饥寒交迫、无限困顿之际获得一颗饱满的处女蛋作结,颇富意味。小说书写的是王安忆对不同文化背景下爱情的理解,同时,作为一位中国作家,王安忆也写下了她对20世纪90年代全球化潮流下何为中国文化主体意识的思考。

第四篇

婚姻交响乐

第十四讲　"不般配"的选择和高贵的婚姻

——冯骥才《高女人和她的矮丈夫》

今天我们大家都已经习惯了"般配的爱情"这个说法。而这一节我想讨论的小说却是关于不般配的爱情。小说的名字叫《高女人和她的矮丈夫》,作者是冯骥才,这篇小说发表于1982年,算起来已经是四十年前了。

不般配的爱情

这是不般配的爱情。这里的不般配首先指的是,男女主人公身高的不般配。比如女人比她的男人高十七厘米。高女人身高一米七五,而矮丈夫只有一米五八,这样看起来男人好像到女人的耳垂。而且,这两个人都不能说长得好看，女人又干、又瘦、又扁，活像一块硬挺挺的搓板。而她的丈夫却像短粗的橡皮辊儿，饱满，轴实，发亮，"身上的一切——小腿啦，嘴巴啦，鼻头啦，手指肚儿啦，好像都是些溜圆而有弹性的小肉球。"总之，这两个人在一起，一点儿也不搭，可是呢，偏偏他俩就好像拴在一起似的，整天形影不离。

这样的一对夫妻，让邻居们看不惯："有一次，他们邻居一家吃团圆饭时，这家的老爷子酒喝多了，乘兴把桌上的一个细长的空酒瓶和一罐矮墩墩的猪肉罐头摆在一起，问全家人：'你们猜这像嘛？'他不等别人猜破就公布谜底，'就是楼下那高女人和她的短爷儿们！'全家人哄然大笑，一直笑到饭后闲谈时。"

夫妻俩在居住的大楼里看起来像怪物，人们总拿他们的身高开玩笑。比如下雨天气两个人出门，"总是高女人来打伞，而如果有什么东西掉在地上，矮男人去拾便是最方便了。大楼里一些闲得没事儿的婆娘们，看到这可笑的情景，就在一旁指指画画。难禁的笑声，憋在喉咙里咕咕作响。大人的无聊最能纵使孩子们的恶作剧。有些孩子一见到他俩就哄笑，叫喊着：'扁担长，板凳宽……'"但两个人对孩子们的哄闹从不发火，也不搭理。

因为不搭理，也就与大楼里的人们一直保持着相当冷淡的关系。很多人会猜测夫妇俩的关系，为什么会结合，到底是谁将就了谁。所以，大楼里的裁缝老婆，便想出了一个个说服人的道理："夫妻俩中，必定一方有某种生理缺陷。否则谁也不会找一个比自己身高差一头的对象。她的根据很可靠：这对夫妻结婚三年还没有孩子呢！于是大楼的人都相信裁缝老婆这一聪明的判断。"

可是，高女人怀孕了，生了孩子："每逢大太阳或下雨天气，两口子出门，高女人抱着孩子，打伞的事就落到矮男人身上。人们看他迈着滚圆的小腿、半举着伞儿、紧紧跟在后面滑稽的样子，对他俩居然成为夫妻，居然这样形影不离，好奇心仍然不减当初。各种听起来有理的说法依旧都有，但从这对夫妻身上却得不到印证。"

那么接下来人们又开始怀疑了，"这两人准有见不得人的事。要不他们怎么不肯接近别人？身上有脓早晚得冒出来，走着瞧吧！"果然一天晚上，人们听到高女人家里打碎了东西。裁缝老婆赶紧去敲高女人家的门："门开了，高女人笑吟吟迎上来，矮丈夫在屋里也是笑容满面，地上一只打得粉碎的碟子——裁缝老婆只看到这些。"

后来裁缝老婆发现，高女人和她的矮丈夫都在化学工业研究所工作。矮男人是研究所总工程师，工资达一百八十元之多！高女人只是一名普普通通的化验员，收入不足六十元，而且出生在一个辛苦而赚钱又少的邮递员家庭。那么在她眼里，这对怪夫妻在一起便有了理由，女人为了地位，为了钱，为了过好日子。小说里说：

> 人们总是按照自己的思维方式去解释世界，尽力把一切事物都和自己的理解力拉平。于是，裁缝老婆的话被大家确信无疑。多年来留在人们心里的谜，一下子被打开了。大家恍然大悟：原来这矮男人是个先天不足的富翁，高女人是个见钱眼开、命里有福的穷娘儿们。当人们谈到这个模样像匹大洋马、却偏偏命好的高女人时，语调中往往带一股气。尤其是裁缝老婆。

接下来小说有了转折，灾祸降临，矮男人挨了斗，被关进牛棚。夫妇二人被批斗，人们还逼迫高女人交出"矮男人"写的书稿。甚至裁缝老婆也忽然跑上台，抬起戴红袖章的左胳膊，指着高女人气冲冲地问："你说，你为什么要嫁给他？"

高女人只是沉默。丈夫最终进了监狱。女人成了在押犯的老婆，落到了生活的最底层。整座楼的人们都能透过窗子，看见那孤单的小屋和她孤单单的身影。不知她把孩子送到哪里去了，只是偶尔才接回家住几天。她默默过着寂寞又沉重的日子，三十多岁的人，从容貌看上去很难说她还年轻。裁缝老婆下了断语："我看这娘儿们最多再等上一年。那矮子再不出来，她就得改嫁。要是我啊——现在就离婚改嫁，等那矮子干吗，就是放出来，人不是人，钱也没了！"过了一年，矮男人还是没放出来，高女人依旧不声不响地生活，上班下班，走进走出，点着炉子，就提一个挺大的黄色的破草篮去买菜。后来矮男人出狱了，两个人依然默默生活。有一天女人中风行动不便了，男人便搀扶着她。再后来女人去世了，男人一个人生活，下雨天依然会高高地打着伞。

反世俗

《高女人和她的矮丈夫》是新时期文学的代表作。故事并不复杂，但所表达的主题非常深刻。在通常理解中的夫妻关系中，有很多是常识：女人矮，男人高。女人怎么能比丈夫高十七厘米呢？那么他们肯定有生理问题；如果没有生理问题，那就是男人有钱；如果男人被批斗了（更矮了），那么高女人一定会离开……在一个个世俗的推理之下，这对夫妻的关系被推到某个顶点——他们的关系向人们共同期待的反方向推进：他们没有生理问题；他们同甘共苦；他们生死相随。他们向常规的性别秩序和夫妻关系的刻板化、庸俗化想象发起了挑战，在一切世俗面前，夫妻二人的"特立独行"获得了有效放大。小说从一个很小的故事出发，构造了一个强大的反世俗命题。

反世俗主题的强大社会基础是另一个隐形文本：世俗中对夫妻关系的认识。这个隐形文本的力量越尖锐、强大，认同基础越是无可争议，那么，小说本身表达的内涵将更深刻和有力。所以，我们会听到那些窃窃私语，那些嘲笑。但是，面对这些嘲笑，这对夫妻是如何反应的呢？是沉默，是置之不理。你不得不承认，沉默是金，这对平凡夫妇其实显示了他们情感的高贵。尤其难忘那位妻子，她一直沉默，不解释，过自己的生活。

关于习惯

当然，这部小说也不仅仅写的是爱情，它写的还是习惯，以及我们如何在习惯下生存。在小说的一开始，叙述人这样说：

你家院里有棵小树，树干光溜溜，早瞧惯了，可是有一天它忽然变得七扭八弯，越看越别扭。但日子一久，你就看顺眼了,仿佛它本来就应该是这样子。如果某一天,它忽然重新变直,你又会觉得说不出多么不舒服。它单调、乏味、简易,像根棍子!其实,它不过恢复最初的模样,你何以又别扭起来?这是习惯吗?嘿,你可别小看了"习惯"!世界万事万物中,它无所不在。别看它不是必须恪守的法定规条,惹上它照旧叫你麻烦和倒霉。不过,你也别埋怨给它死死捆着,有时你也会不知不觉地遵从它的规范。

小说一共五节,作家用了一节的篇幅在讲"习惯"。而高女人和她的矮丈夫之所以成为邻居们关注的目标,就在于他们让人看不惯。所以他们被称为怪夫妻。这世界上,很多人会在习惯面前退缩,尤其是自己谈恋爱时,别人认为不般配也常常会让当事人打退堂鼓。小说中也就此议论:

比如说:你敢在上级面前喧宾夺主地大声大气说话吗?你能在老者面前放肆地发表自己的主见吗?在合影时,你能叫名人站在一旁,你却大模大样站在中间放开笑颜?不能,当然不能。甭说这些,你娶老婆,敢娶一个比你年长十岁,比你块头大,或者比你高一头的吗?你先别拿空话呛火，眼前就有这么一对。

一个普通人的勇敢很可能不是赴汤蹈火，而在于你是否敢于在别人看不惯的目光里生活，或者无视那些习惯。其实，这些习惯也不是法律，而只是约定俗成的东西罢了。谁规定丈夫一定比妻子高，谁规定妻子一定要比丈夫矮。谁规定一定因为钱，两个人才在一起生活呢？

男高女矮是对男女关系或者性别秩序的刻板化想象，而整部小说，写的是这对夫妻如何无视这种刻板想象而义无反顾地过自己想过的生活。因此，小说的美妙在于，那些习惯，那些窃窃私语在这对夫妻面前一一消散。丈夫有钱时他们恩爱，丈夫没有钱时他们依然生活在一起。丈夫遭难了，妻子不离不弃；妻子病了，丈夫来照顾。妻子离去了，也有人来给丈夫提亲，甚至于裁缝老婆想把侄女介绍给矮男人，没想到的是，他"一声不吭，脸色铁青，在他背后挂着当年与高女人的结婚照片，裁缝老婆没敢掏出侄女的照片，就自动告退了"。

这是小说的结尾："大楼里的人们看着他矮墩墩而孤寂的身影，想到他十多年来一桩桩事，渐渐好像悟到他坚持这种独身生活的缘故……逢到下雨天气，矮男人打伞去上班时，可能由于习惯，仍旧半举着伞。这时，人们有种奇妙的感觉，觉得那伞下好像有长长一块空间，空空的，世界上任什么东西也填补不上。"即使妻子离去，丈夫也愿意保持自己的生活方式。

今天，用金钱和权力判断幸福、用男高女矮判断夫妻关系的稳固已成为社会习惯。这习惯对我们的生存发挥着巨大作用，它正麻痹我们的注意力、激情、尊严。只有当小说家把这个"习惯"的声音扩大成文本，每一个读者都不得不面对、凝视并产生疑问时，习惯才成为一个大问题——《高女人和她的矮丈夫》的锐利在于让读者看到了习惯、寻常之下的"不寻常"，由此，小说以一对夫妻自然和深沉的爱向社会的世俗提出了质疑。高女人这个形象是美的，尽管她不是通常意义上的美，但她的确超越了那种通常意义上的美。

·Tips·

《高女人和她的矮丈夫》发表于《上海文学》1982年第5期，小说讲述了一对身高差异悬殊的夫妻在社会中遭受的非议。高女人身高一米七五，矮丈夫身高一米五八，但他们感情深厚。然而，高女人和矮丈夫的结合却因为不符合人们的日常思维，总遭他人恶意揣测。当夫妻俩被批斗时，高女人还被当众质问为什么要嫁给一个矮子。小说通过这样的一对平凡夫妇赞颂了真挚不渝的爱情，也抨击了人们心中的世俗成见。

第十五讲　家庭暴力的实质

——周晓枫《布偶猫》

在现在的社会新闻或者微博热搜里面,家庭暴力是一个能够引起全社会关注的话题。那在文学作品中,作家们是如何书写家庭暴力,又如何通过作品,让人们认识到家庭暴力的内在核心的呢?接下来我想和大家一起来读一篇散文。

《布偶猫》对家暴问题内部的揭示

周晓枫的这篇散文《布偶猫》,对于如何理解亲密关系里的权力关系,非常有启发性。它首先讲了一个现实中的故事,主人公是名叫小怜的女孩,很年轻,才十九岁,但受了很严重的伤。文章是这样写的：

> 黑白相间的X光片影像，如同骷髅。左侧上颌骨可见两处骨质不连续影，骨折线锐利。透射线能揭示隐藏在皮层之后的损伤，小怜受到的伤害很明显。清创之后，她像米其林轮胎广告人那样被重重裹缠，掩盖了头枕部二厘米和额颞部三厘米的伤口。左侧耳膜穿孔，左眼面临失明，只剩模糊光感，要等瘀肿消除之后才能再次进行伤情鉴定。手，由于抵挡凶器挫伤，小怜全身多处青紫，血块在皮下组织沉积淤塞，让年仅十九岁的姑娘如此斑驳。病床上的小怜，就像个弄坏的布娃娃。

这些伤明显是人为造成，但面对哭泣的父母和质询的警察，这个女孩一直沉默。只有一次，她向护士请求打杜冷丁（即盐酸哌替啶）止痛，剩下的就是沉默。小怜甚至对自己的伤情都不谈也不问，似乎成了一个局外人。案件是如何发生的？时间、地点、人物究竟怎么样？她不说明也不解释……最终我们可以还原出这个故事，她的男朋友有暴力倾向，伤害了她。一开始，女孩幻想能以悲剧女主角的失落和忍耐，唤起男人的怜爱，她认为男人打她、对她的暴力手段，实际上是对她的爱。女孩觉得，为什么他不对别人这样只对我这样呢？这可能是他爱的一种表现。

当然，这个故事有令人震惊的反转，警察在异地抓到了潜逃的男孩，才发现之前一直抓不到男孩的原因，是因为小怜的报信："趁看护人不备，小怜用仅剩的没有受伤的手指头，吃力地给男友发送短信：他们一直有联系！小怜清楚男友的逃跑路线和栖身之所，只是拒不交代。古怪地，她把那看作一种情感出卖，她始终包庇加害自己的罪犯——出于细心的保护，她甚至注意更改通信录里的名字，用昵称指代男友。小怜密告男友：'警察正在调查，追踪你的行迹；现在尽量少联系，先别回来，会被判刑。'"

也就是说，这个姑娘一直包庇加害自己的罪犯："几乎致残的小怜，不希望男友受到法律制裁。当行凶者被绳之以法，小怜不快，并且明显地，她不希望自己从中解脱。好像寡妇守节一样，小怜坚守着不快——似乎，不快才是她的忠贞。"

这件事如此令人震惊。从这故事可以看到，外人看起来的暴力和伤害，在当事人眼里并不是，有时候，她甚至认为这是一种爱。

家暴问题是强势与弱势之间的权力关系

为什么那些受害女性不能及时地逃离暴力呢？很多人会指责家暴的受害者，认为她们有性格缺陷，或者是咎由自取，但实际上，这也可能跟男女在亲密关系中的权力关系有关。周晓枫在散文中分析说，人和人之间的亲密是需要打破间距的，是一种建立在微妙的侵犯之上才能获得的关系。比如性关系，就意味着肢体的亲密和肢体的冲突，是由肉体侵犯带来的享乐。所以有时候，家庭中的暴力，实际上形式感不那么明确。某种程度上，在私人情感领域，粗暴也可能说明两者之间的亲近，而礼貌则有可能说明两个人之间关系的冷淡。正是在这种情况下，有人认为，暴力是失控的爱欲，甚至是对情感平淡和宁静生活的一种调剂。

《布偶猫》里，周晓枫认为大部分女性受到暴力侵犯之后的反应，通常是震惊、绝望、否认、麻木、退缩、屈服等，而很难把愤怒转化成力量。所以出于自尊，女人会杜撰一些自欺的说法，比如：他对别人从不这样，只对我；男友他自卑，没有安全感，害怕被抛弃。女性或者由此感觉自己被需要，她会替男友想象他的为难，从施暴者的行为中获取个人存在的价值。今天我们总是会讨论家庭暴力这样血淋淋的场面，但是如何进入家暴问题的内部进行分析，找到隐秘的施受关系，是这部作品给我们带来的启示。

亲密这种施受关系是如何形成的？很可能与我们对爱的理解有关。在小怜那里，男朋友跟她生气，跟她愤怒、发脾气、动手是因为"爱她"，她把这种关系理解为爱。或者说，是小怜对爱的理解塑造了隐秘的施受关系。

家庭暴力的多重含义

有时候我们对家庭暴力，是习焉不察的，并不觉得那是暴力。周晓枫在另一篇《有如候鸟》里，讲到了家庭暴力的另一面：年老的奶奶经常打爷爷，因为爷爷喝酒、忘事儿，奶奶人高马大，爷爷被笤帚打得哭泣。家里人并不认为那是暴力，但是，那也是暴力。暴力不仅仅是男人之于女人，还是女人之于男人，甚至包括父母对孩子的呵斥等。

家暴不只是男女之间的，更多的是强势与弱势之间；另一方面，家暴也很可能不是用行为暴力完成的，有时候我们感受不到暴力性，我们可能认为它不是暴力，比如语言暴力。什么样的人会意识不到这种暴力，有耐受性和奉献型人格的人往往意识不到，因为他或她习焉不察。当然，这种耐受性和奉献型人格会存在于我们每个人身上，不仅仅是女性。

要逃离作为猎物和牺牲者的命运

现实生活中，很多女性遭受暴力后，选择接受或是不愿意讲出来，但也有一些特例的女性，她们会勇敢地做出不一样的反应，《布偶猫》里就提到了这样的女性。周晓枫以毕加索为例。毕加索是一个伟大的艺术家，也是一个非常狂热的家暴者，他对几任女友都有权力控制和情欲控制，即使在他去世之后，他的许多女友都会受制于和他之间的这种施与受的暴力关系。比如朵拉："毕加索创作过一幅最为凶暴的妇女形象，这是以朵拉为原型的《裸体梳妆女》。与此同时，是毕加索对朵拉的殴打，许多次打得她躺在地板上不省人事。事实上，从1939到1940年间，毕加索的画作有超过三分之二的比例在画畸形扭曲的女人，脸和肢体都被暴力袭击过一样，或是被愤怒所席卷。毕加索羞辱朵拉说：'你不美……就是会哭！'于是朵拉放声大哭，毕加索得以继续创作他的《哭泣的女人》，完成一个被撕裂的女性形象。"

即使是被毕加索抛弃，朵拉依然对他难忘。她住进了疗养院，不愿意开始新的感情生活，甚至会说，"毕加索之后，只有上帝"。

只有一位女性主动离开了毕加索并获得重生，她的名字叫朗索瓦斯·吉洛特。她在二十多岁时，和毕加索相遇，当时毕加索六十多岁。之所以爱上毕加索，她说："因为这是一场不想躲过的灾难。"她和他生下了两个孩子。但是，她逐渐开始意识到毕加索是强悍的怪物，而她则厌倦了和一座历史纪念碑生活，如果她不离开他的话，她感觉自己必被"吞灭"。

她的离开让毕加索暴跳如雷，"没有人会离开像我这样的男人"，他断言这个女性的生命将要枯萎。但是这个女性的强大，就在于她要竭力避免这个结果，她和别人合作出版传记，披露的内容令毕加索震怒，他要求查禁此书，结果败诉了。吉洛特摆脱了成为毕加索囚徒的可能，她不做艺术家的附属物，而要做艺术家本身。后来吉洛特和一位科学家结婚，同时她自己后来也成了艺术家。在暴力关系里面，女性很容易成为宠物或者弃妇，但是吉洛特逃离了这种命运，也逃离了作为猎物和牺牲者的命运，最终她获得属于自己的骄傲。

今天讨论家庭暴力，我们当然要抵制它、反抗它，但更重要的是，不做猎物，不做宠物，也不做牺牲者。这是获得平等的爱和平等的爱情的前提。

·Tips·

《布偶猫》发表于《天涯》2015年第5期。布偶猫因像软绵绵的布偶而得名，它对疼痛的忍耐性相当强，不会因人类的玩弄而轻易攻击人类，因此常被视为理想的家庭宠物。散文中，周晓枫从布偶猫说起，讲述了被家暴的女孩小怜的故事。小怜如同布偶猫一样，对痛苦的忍耐力极强，被男朋友打到住院，却仍愿意包容、原谅施暴者，甚至暗地里帮助施暴者逃脱警方的追捕。小怜这样的现象并不算罕见，用心理学的术语来说，这便是"斯德哥尔摩综合症"。散文中，周晓枫还以毕加索和他的情人们为例，探讨了这一现象的症候和症结。从布偶猫到小怜再到毕加索的情人，作家在这篇散文中对爱情与暴力的关系进行了深入的思考。

第十六讲　离婚就是被抛弃吗

——铁凝《遭遇礼拜八》

现在离婚已经成为平常的事情，跟父母辈相比，年轻一代对离婚有了更开放的心态。但是，我们确实也看到了，还有很多人对于离过婚的女性带着很强的恶意，认为在离婚这件事上，女性处于被抛弃的状态。这一讲就来聊聊离婚。

铁凝《遭遇礼拜八》讲了什么

铁凝的《遭遇礼拜八》是当代文学史上非常有名的小说，故事也很有趣。《遭遇礼拜八》的女主人公叫朱小芬。小说分成八节，从礼拜一到"礼拜八"。为什么会有礼拜八呢，这是小说的一个伏笔，我们留到后面说。先说朱小芬离婚了。离婚使她变得轻松、欢快，小说里是这样写的：

> 朱小芬很久没有这么敞快、通达的心情了，自从结婚以来。现在她离婚了，离得利索离得及时——她才三十四岁。每每想到她的岁数和她的离婚她就高兴，就高兴得想跳绳跳"双摇"，跳这个自小就爱的运动，跳——这——个——运——动！她故意用力蹬着自行车，腿上的肌肉随之就绷紧了，接着便是有意识地收臀。生了孩子之后她的屁股明显的肥圆，不过这有什么关系呢，她会跳绳，跳绳能使身体各部位都活动起来能强化神经系统的机能加速血液循环扩大肺活量增强消化器官提高新陈代谢等等等等。她得跳，人能够跳起来是多么好啊。跳是飞的前奏，能够飞的人必定都有过一次又次的跳。

朱小芬离婚的时候有一个十个月大的孩子寄养在娘家，她很爱孩子，离了婚以后就更爱了。朱小芬为什么会离婚呢？因为她发现自己和丈夫沟通越来越不畅通了。直接的导火索则是，有一天她出差回来，用钥匙打不开门，丈夫把门打开时，边上还有另一个女人。所以她很快地、也很平静地跟丈夫分手，丈夫非常生气地说："你早就盼着有一天掏出钥匙打不开门。"朱小芬笑了笑，没说什么。丈夫其实也知道朱小芬很想离婚这件事。

朱小芬是一个文学编辑，礼拜二她去上班，主编邹大姐为她的遭遇感到愤怒，对朱小芬的丈夫进行了公开的指责。邹大姐是个单身母亲，一个人带着五个孩子，非常不容易，所以当她说出"可恶"的时候，她觉得忽然之间，自己不那么孤苦了，"真不容易"这句话，她可以跟朱小芬一起用了。

礼拜三发生了什么呢？朱小芬一天接受了很多礼物，西瓜、可乐、果汁等，她开始有点讨厌提着东西到她娘家来敲门的人。她的朋友于真也来了，于真追问她为什么离婚，又对她说："你憔悴得这么厉害，脸黄着，嘴唇干着，脖子上出了褶子，连头发也显出少来。你这么下去可不行，将来怎么办呀。十六七的姑娘怎么素净都好看，可是你都三十好几了，岁数越大越得在衣服颜色上想办法，这方面出手得大方，不然你将来怎么办呀。"其实朱小芬觉得自己一点也不憔悴，脸不黄，嘴唇也不干，头发光泽而有弹性，可是到了于真嘴里，她就成了一个被抛弃后自暴自弃的可怜女人，那句"你将来可怎么办呀"，差不多算是恶语伤人了。

朱小芬把朋友于真送走了，但礼拜三她还是没能跳成绳，她想礼拜四一定要跳，所以礼拜四她就趁休息时间，在编辑部楼下跳绳。跳得特别好，弹跳力也还是跟以前一样好。但这个时候，主编悄悄地走过来安慰她说："别跳了朱小芬，为什么你还是这么紧张这么痛苦？过去的事就让它过去吧！你应该放松，没必要非当着大伙儿站在树下跳绳不可！这只能更使人们为你难过。"朱小芬觉得很莫名其妙，为什么跳绳就是紧张呢？

到了礼拜五，她离开了单位去避暑胜地约稿，而她离婚这件事已经传开了，所以火车检票员——也是她十几年没见过面的小学同学，一看见她就开始大喊大叫说："听说你离婚了是吗？人家都说那个不要脸的男的把你给甩啦！甩了就甩了！有什么了不起，开始我还不相信呢，看见你我才信了。"然后，小芬到了避暑胜地，作家们及其妻子们对她非常客气，格外热情，晚饭时还抢着给她夹菜。因为，他们都已经听说她离婚了，对她特别照顾。

礼拜六，朱小芬想不管怎么样，我都要正常地生活，不跳绳就去游泳吧，不管你结没结婚、离没离婚，你都可以去游泳。她穿好泳衣，准备去游泳，在沙滩上遇见两个男作家，朱小芬就问起，他们的夫人哪去了，男作家回答："她们不太好意思，知道你是一个人，而我们却是一对一对的,怕你触景生情。"两位作家对朱小芬特别客气,原本自己的稿子是要给别的杂志的,看到她现在的处境,都希望把稿子给她,以这种方式给她支持。

礼拜七了,朱小芬在硬座车厢碰见她的老校长,老校长是个女性,白发苍苍慈眉善目,语言却严厉果决:

"是朱小芬同学。你的事我已有耳闻,你的传说很多,有的相当厉害。你还年轻也不过三十多岁嘛,对待生活要严肃那样的话男方何以会离开?你知道我是好意,我希望我的学生都有出息,好吧再见,我在这站下去看看外孙。你呢回县城?你就坐我这儿,唔。"

朱小芬回到家里,她盼望有第八天,那七天都是那样的,那么,一个周期终归有一天该属于她吧。于是在礼拜八,她回到编辑部上班,妇女婚姻家庭研究中心的一位女士要来采访她。在她回来之前,主编邹大姐就告诉采访人说,朱小芬现在最大的问题就是不能放松,不能敞开灵魂,不能承认自己被丈夫抛弃了,所以她坚持说自己是主动提出离婚的,实际上大家都可以理解,她没有必要掩饰。

朱小芬听着这些话,很想去厕所。但研究中心的女士继续说：

"人，特别是女人应该是该哭了就哭，该笑了就笑，要哭得淋漓笑得透明，朱小芬偏要作解脱状实际，你怎么可能解脱呢，你的孩子才十个月，无法肯定再遇见一个男人就一定爱你——当然也许很爱。那么你是否还要给未来的男人生一个孩子呢？我曾调查过许多男人百分之九十九点九八二都非常乐意有自己的孩子……"

朱小芬憋得眼圈都红了，跟逃跑一样地跑去上厕所，等她整个人轻松之后，她想起礼拜八纯粹是她的瞎编。礼拜七之后不就是礼拜一么，她真希望，在喧腾之外，能有一个正常的生活节奏。

朱小芬是可爱的、有光泽的女性

这篇小说发表于1989年，已经是三十多年前的故事了，当时三十多岁离婚的女性非常少，所以朱小芬会有很多戏剧性的际遇。从这些戏剧性际遇里，我们可以看到人的心态：有人同情，有人幸灾乐祸，有人冷嘲热讽，有人打着关心或者关怀的名义，实际上是偷偷奚落她，等等。

各种脸色,各种行为,都在这篇小说里集中地表现了出来。小说写出了一个离婚女人的荒谬处境。

朱小芬跟外界的理解错位之处在于,她是主动离婚的,她并不觉得离婚有什么损失或不光彩,但外界始终认为她是被抛弃的,认为她的问题在于不面对事实,所以,作为离婚的女性她被钉在了受害者的位置上,被迫成为受害者。一旦提到离婚,女性仿佛就已经被降格了,被贬低了。而且从小说中可以看到,对她表示同情、指责、奚落的,几乎都是女性,各种各样的女性。

朱小芬有强大的主体性,她并不觉得离婚有什么不好,同时她希望按照自我的意志去生活,她主动提出离婚,她喜欢跳绳,她想自在地在沙滩晒太阳放松自己。她骨子里是有力量的、自在的,但她周围的人并没有让她自在,人们都在"以己之心度人之腹",所以就产生了很多戏剧性的场面,但这些戏剧性的场面,恰恰证明了一个女性离婚所要面对的种种不堪,或者种种难以想到的困窘。作为读者,我们能看到朱小芬是个特别可爱,特别有光泽的女性,能看到她的强大,而那些用各种方式来表达关心或者劝导的人,在她的强大面前,又显得多么可笑。

什么是对待离婚的正常态度

《遭遇礼拜八》不仅是写了一个女性离婚后啼笑皆非的遭遇,也写了一个独立的女性,如何用自己的自由自在和自然态度,去面对社会对她的另眼相看。这个问题,不光是对三十年前的女性有意义,对今天的我们来说,同样有意义。当然,这部小说也是一面镜子,我们从中可以照见历史,也可以照到我们当下。它在提醒我们,不管是遇到自己,还是身边有人离婚的时候,我们都要保持平常心,用平常的心态去看待。女性离婚并不是被抛弃,离婚的女性也不应该被歧视。

Tips

《遭遇礼拜八》最早发表于《长城》1989年第1期。小说分为八节,从礼拜一写到莫须有的礼拜八,讲述了一个女人离婚之后遭遇的种种歧视和看似关心的鄙薄。离婚使朱小芬畅快通达,可无论是同事、朋友还是其他人却都打着关心的旗号想要看她的笑话。小说写出了女性一直以来遭受的"离婚就是弃妇"的舆论困境,随着时间推移,这样的社会舆论并未完全消除。在今天,《遭遇星期八》仍有它的现实意义和艺术价值。

第十七讲　像植物一样生生不息的夫妻情感

——迟子建《亲亲土豆》

现在流行"甜宠剧",很多人也喜欢那种没有烟火气的"偶像剧",这些爱情故事当然很美好,但其实也是真空中的情感方式。这世界上固然有一些人的爱情轰轰烈烈、惊天动地,但大部分人的爱情其实是日常的、在地的,它可能没有那么多跌宕起伏,但却自有滴水穿石的力量。

我想到迟子建的《亲亲土豆》,一篇关于日常爱情的短篇小说。我之所以喜欢这篇作品,首先是因为它本身的文学品质,同时也因为小说写出了一种有如植物般茂盛的夫妻情感。

种土豆的夫妻

故事发生在礼镇,这里家家户户都种着土豆。主人公秦山夫妇是礼镇种土豆的大户,他们在南坡足足种了三亩:

春天播种时要用许多袋土豆栽子,夏季土豆开花时,独有他家地里的花色最全,要紫有紫,要粉有粉,要白有白。到了秋天,也自然是他们收获最多了。他们在秋末时就进城卖土豆,卖出去的自然成了钱存起来,余下的除了再做种子外,就由人畜共同享用了。

秦山又黑又瘦,媳妇比他高出半头,不漂亮,但很白净,叫李爱杰,温柔而贤惠。他们夫妇两个感情深厚,家庭生活和美。两个人去土豆地干活时总是并着肩走,九岁的女儿粉萍跟在身后,一会儿又去采花了,一会儿又去捉蚂蚱了,一会儿又用柳条棍去戏弄老实的牛了。秦山喜欢抽烟,有剧烈的咳嗽,甚至有一次还咯血。虽然喝了药好一些,但妻子说,要去看一看病。

夫妻俩先来到镇上看病。拍了片子,医生悄悄对李爱杰说:"你爱人的肺叶上有三个瘤,你得去哈尔滨市去看看。"李爱杰就非常紧张地问："是癌吗？不会是癌吧？"医生说只是怀疑，也可能是良性，但还是要尽快去哈尔滨，毕竟他还年轻。

回家后咳得不厉害了，两个人又隔了一周，但又咳血了，而且秦山自己也看到了。"咱们到哈尔滨看看去吧。"李爱杰悲凉地说。"人一吐血还有个好吗？"秦山说，"早晚都是个死，我可不想把那点钱花在治病上。""可有病总得治呀。"李爱杰说，"大城市没有治不好的病。况且咱又没去过哈尔滨，逛逛世面吧。"夫妻二人商量了半宿，决定去哈尔滨。李爱杰将家里的五千元积蓄全部带上。邻居问他们秋收时能回来吗，秦山咧嘴一笑说："我就是有一口气，也要活着回来收最后一季土豆。"

到了医院要去检查。做完CT后，主治医生把李爱杰单独叫过去，告诉她，秦山已经是晚期肺癌了，做手术也没什么意义，只能用药物维持。接下来，小说中有一段非常动情的描写：

李爱杰慢吞吞地出了医生办公室，她在走廊碰到很多人，可她感觉这世界只有她一个人。她来到住院处大门前的花坛旁，很想对着那些无忧无虑的娇花倩草哭上一场。

可她的眼泪已经被巨大的悲哀征服了，她这才明白绝望者是没有泪水的。

小说中还有个细节，李爱杰得知结果后去看秦山，她为了掩饰慌乱，特意从花坛上偷偷摘了一朵花掖在袖筒里。病房里，秦山正在喝水，李爱杰把花从袖筒掏出来让他闻闻。

秦山深深闻了一下，说："还没有土豆花香呢。"

"土豆花才没有香味呢。"李爱杰纠正说。

"谁说土豆花没香味？它那股香味才特别呢，一般时候闻不到，一经闻到就让人忘不掉。"秦山左顾右盼见其他病人和家属都没有注意听他们说话，才放心大胆地打趣道："就像你身上的味儿一样。"

李爱杰凄楚地笑了。就着这股笑劲，她装作兴高采烈地说："你知道我为什么偷花给你吗？咱得高兴一下了，你的病确诊了，就是普通的肺病，打几个月的点滴就能好。"

这是非常日常而微小的细节，却充满了百转千回的夫妻深情。那天晚上李爱杰去医院外边住，第二天早上来病房看丈夫，发现秦山已经不见了，病员服放在床上，床下拖鞋也不见了。李爱杰害怕地哭起来。其他病人告诉她，凌晨四点她男人就走了。李爱杰到处去找，去了很多地方都没有找到。最后李爱杰意识到，她的丈夫可能是回家了。

平静而深情

于是，女人回到了家。

李爱杰远远就看见秦山猫腰在自家的地里起土豆，粉萍跟在他身后正用一只土篮捡土豆。秦山穿着蓝布衣，午后的阳光沉甸甸地照耀着他，使他在明亮的阳光中闪闪发光。李爱杰从心底深深地呼唤了一声："秦山——"双颊便被自己的泪水给烫着了。

接下来的冬天，两个人就平静地做饭、洗衣、铺床，过普通生活。有一天秦山告诉李爱杰，他买了件礼物给她，"秦山下了炕，到柜子里拿出一个红纸包，一层层轻轻地打开，抖搂出一条宝石蓝色的软缎旗袍，那旗袍被灯光映得泛出一股动人的幽光。"秦山说："明年夏天你就穿上吧。"李爱杰说:"我到时候穿给你看。"男人回答说:"穿给别人看也是一样的。"她听了这话非常难过……

后来,故事就来到了冬天,下雪的日子,丈夫停止了呼吸。很多人来料理后事。但女人坚持要自己守灵,屋里暖和,她就穿着那件旗袍。直到出殡的那一天,她才换下了那件旗袍。由于天寒地冻,冬天死去的人的墓穴不可能挖得太深,所以覆盖棺材光靠冻土无济于事,人们一般都去拉一马车煤渣来盖坟,待到春暖花开了再培新土。但是李爱杰阻止了人们去拉煤渣,她从仓库里弄了好几麻袋土豆,在丈夫的棺材旁边倒了很多的土豆。这是礼镇的不一样的葬礼。

李爱杰是最后离开那个坟地的。走了几步等她要离开的时候,听见背后响起个声音。一个又圆又胖的土豆从上面掉了下来,滚到这个妻子的脚边。就像个小孩子,在请求母亲的亲密。李爱杰怜爱地看着那个土豆嗔怪说:"你还跟我的脚呀?"

小说就这样结尾了。

生生不息的情感

《亲亲土豆》写的是一对恩爱夫妻的生离死别，它没有撕心裂肺，也没有高度戏剧化的冲突，写的只是夫妻之间的日常生活，互相的信任，互相的体谅，互相的爱。这爱情如此浓烈，即使面对生死大限，夫妻之间也是平静对待。每一位读者几乎从一开始就能感觉到小说结尾的最终分离，但是，我们依然会被感动，尤其是土豆从上面掉下来滚到妻子脚边时，那是小说情感的最高潮。生者和死者的情感，实现了融合。丈夫对妻子说的话，给妻子买的旗袍，都是日常但又细微的情感，也是一种铺垫，而结尾则是情感的升华。——丈夫已经离去，其实也没有离去。当妻子嗔怪地跟土豆说话时，读者分明能感受到那种贫寒夫妻的情谊，这种情谊和他们共同播种的植物紧紧凝结在一起。

从小说里，我们看到那些通常与爱情有关的金钱、房子等物质性元素烟消云散了。小说让我们看到了爱情的本质，爱情是情感本身，爱情只和两个人的情感有关，与有钱没钱，甚至与生或死也都没有必然联系。我们尤其看到了李爱杰的强大、温良、忍耐。作为爱人，她特别接近波伏娃所说的，女人要学会用自己的强去爱，而不是用自己的弱去爱。有一天,爱情对于她来说将不是致命的危险,而是幸福的源泉。很显然,在这部小说里,爱情之于李爱杰便是幸福的源泉。

《亲亲土豆》的魅力在于写出了一种夫妻情感的在地感和日常性。这与迟子建本人的文学追求有关,她喜欢写日常的有烟火气的情感,同时,她喜欢写人与人之间有温度的关系。但如果我们看到结尾再重读小说开头,还会认识到这部作品的另一重魅力。

如果你在银河遥望七月的礼镇,会看到一片盛开着的花朵。

这是小说的第一句话,是从银河遥望礼镇,从天上望向人间,这是具有俯瞰意味的深情凝视,接下来作品写道:

那花朵呈穗状,金钟般垂吊着,在星月下泛出迷幻的银灰色。当你敛声屏气倾听风儿吹拂它的温存之声时,你的灵魂却首先闻到了来自大地的一股经久不衰的芳菲之气,一缕凡俗的土豆花的香气。你不由在灿烂的天庭中落泪了,泪珠敲打着金钟般的花朵,发出错落有致的悦耳的回响,你为自己的前世曾悉心培育过这种花朵而感到欣慰。

在这段话里,小说使用了人称"你",到底是谁的灵魂,是谁在天庭,是谁为自己的前世而欣慰呢?读者可以自由想象,但无论怎样都能感到,小说一开始就定下了带有童话色彩的调子,这是充满祝福意味的作品。

世界上有一种作家,他们能看到世界的黑暗和深渊,他们会写下这个世界的"真相"和"实然";还有一种作家,他们总能看到世界的明亮和温良,他们则会写下这个世界的"光泽"和"应然"。迟子建显然属于后者。她的作品天性温厚,有一种明亮和美好,我想,那是她所理解的世界的"应然"。因此,同样的现实和世界,她却总能以"踏着月光的行板"的方式别有所见。

什么是独属于迟子建的文学世界呢?是在寒冷的世界里构建出独属于她的温度;是在凉薄的天地间构建出"有情天地";是在一个让人时时感到悲观和虚无的世界里,写出普通人强劲而有韧性的"活着",一如这篇《亲亲土豆》所表现的。

·Tips·

《亲亲土豆》发表于《作家》1995年第6期，是迟子建的短篇小说代表作。小说讲述了一对淳朴的农村夫妇用爱和坚强去面对疾病与死亡的故事。夫妇俩是礼镇土豆种植大户，一家人过着简单平淡却又幸福的生活。然而，丈夫秦山患上了肺癌。在他的葬礼上，妻子李爱杰用几麻袋土豆为他造了独特的坟。小说结尾，秦山坟上滚下来的那颗追随着李爱杰脚步的土豆，仿佛是爱人从天上传来的温暖的祝愿。在迟子建的作品中，我们常常能看到关于生死的书写，然而她从不把死亡写得黑暗狰狞，而是将其写得澄澈，透露着一种温暖而旷达的超脱。

第五篇

成为母亲

第十八讲　文学史上的"暗黑"母亲

——张爱玲《金锁记》

前面讲述过女性在亲密关系中遭遇暴力的问题，这节课我们讨论，是什么让女性从受害者成为施害者的。要讨论这个问题，我先要讲一部小说，张爱玲的《金锁记》。

女性由受害者变为施害者的过程

张爱玲是中国现代文学史上的著名作家，《金锁记》是她的成名作，一发表就被傅雷先生称为"我们文坛最美丽的收获之一"。这部小说也为中国现代文学史贡献了"曹七巧"这样一个性格极端的女性形象。

曹七巧是谁？她是曹家麻油店的门面姑娘，她的父亲因贪图金钱而把她嫁往姜府，与姜家患有"骨痨病"的二少爷成婚。在姜府，七巧不仅受到主人们的歧视，还受到女佣们的嘲笑。她生了一儿一女，但内心对于骨痨病深感厌恶。对于风流倜傥的姜家三少爷姜季泽，曹七巧曾经心存幻想。但在一开始，三少爷就拒绝了她的调情。后来丈夫、婆婆相继去世，她自立门户。接下来便有了整部小说中颇有意味的一句话：

这些年来，她戴着黄金的枷锁，可是连金子的边都啃不到，这以后就不同了。

这句话意味着，分家以后，日子由她一个人说了算。她的生活发生了很多变化。曾经躲着她的姜季泽来找她，希望从她这里借一些钱。但七巧拒绝了，因为她知道，这位三少爷看似想和她重叙旧情，其实只是想侵吞她的财产。当然，拒绝他时，七巧也非常痛苦，小说里写道：

无论如何，她从前爱过他。她的爱给了她无穷的痛苦。单只这一点，就使她值得留恋。多少回了，为了要按捺她自己，她迸得全身的筋骨与牙根都酸楚了。今天完全是她的错。他不是个好人，她又不是不知道。她要他，就得装糊涂，就得容忍他的坏。她为什么要戳穿他？人生在世，还不就是那么一回事？归根究底，什么是真的，什么是假的？

这是小说的经典段落，曾经被无数人引用过。这时的曹七巧知道，只有钱能让自己感受到安稳，她首先要保住的是金钱。所以，尽管痛苦，她还是拒绝了姜季泽。曹七巧孤儿寡母，她把儿子和女儿养育成人，在她的世界里只有儿子和女儿。她和儿女的关系，实际上是她生活的全部，因此她忍不住要控制自己儿女的生活。先是儿子。儿子长白结婚后，七巧看不上儿媳妇芝寿，于是她在外人面前奚落芝寿，用和性欲有关的话语诋毁：

"但愿咱们白哥儿这条命别送在她手里！"
"你别瞧咱们新少奶奶老实呀——一见了白哥儿，她就得去上马桶！"

她撺掇儿子和她一起吸大烟，买了个丫头给儿子做小。儿子便整日守着大烟和新姨太太。她又骗儿子和她交心，说些与芝寿的私密之事。隔天约亲家母打麻将，在麻将桌上一五一十将她儿子亲口招供的儿媳的秘密宣布出来。这一切,对儿媳芝寿是极大的羞辱。七巧和芝寿之间的关系,是扭曲的。这个守寡的母亲,不愿看到儿子和儿媳妇之间有正常的夫妻情感,她认为是儿媳夺走了儿子,所以不择手段地排挤儿媳。

曹七巧的控制,不仅针对儿子长白,也针对女儿长安。无论孩子多么痛苦,都要求女儿去缠脚;看到有男性对女儿好,她感到非常难受。小说讲到,有人给女儿长安介绍了一个结婚对象,叫童世舫。二人订婚了,眼看着女儿可以和那人有个好结果,她非常嫉妒。她不断用言语来激怒女儿,试图拆散女儿和童世舫之间的关系。终于有一天,女儿主动说,不愿意跟姓童的在一起了,但是两个人还可以当作普通朋友相处。但曹七巧也不愿意看到女儿有正常的人际来往,所以她就和儿子约童先生出来,用一种不经意的方式说出女儿有吸大烟的习惯。

正如我们看到的,曹七巧不仅阻绝了自己和姜季泽之间的关系,还用鸦片和流言瓦解儿子的家庭,折磨儿媳妇,阻挠女儿结婚。在这个意义上说,她从受害者最终成了施害者:把儿女留在自己眼皮底下,让他们陪着自己一起堕落。小说结尾写道:

> 七巧似睡非睡横在烟铺上。三十年来她戴着黄金的

枷。她用那沉重的枷角劈杀了几个人，没死的也送了半条命。她知道她儿子女儿恨毒了她，她婆家的人恨她，她娘家的人恨她。她摸索着腕上的翠玉镯子，徐徐将那镯子顺着骨瘦如柴的手臂往上推，一直推到腋下。

"黄金的枷"是小说里非常重要的意象。七巧用沉重的枷，劈杀了几个人，包括她的骨肉。在她的控制下，全家人的命运都很不幸，儿女没有什么好结果，儿媳妇也死掉了。而对于七巧来讲，晚年的她还常想到儿时在肉店遇到的那些男人，如果嫁给他们中的一个会怎么样？小说最后一句话，也是非常经典的一句话：

三十年前的月亮早已沉了下去，三十年前的人也死了，然而三十年前的故事还没完——完不了。

曹七巧是异化了的、被金钱蒙了心的人，她的阴暗、沦落，她的自虐进而虐待子女的行为令人震惊，这是中国现代文学史上，对女性阴暗心理的一次尖锐书写。这使人看到，将这个女人毁灭的，不仅是所谓的封建的宗法势力，更是对金钱的欲望。这部小说写出了中国几千年封建家庭制度下，女性生存的历史，它展现了某一类女人在男权社会里的现实生存。如果说，五四以来的作家们，写出了那些被封建势力毁灭的女人形象，那么，张爱玲则写出了"这一个"被金钱异化了的女性。

如何理解女性自身处境

《金锁记》发表后一直深受关注，关于曹七巧的研究和讨论也特别多。这个女人对待家人的疯狂和变态成为主要关注点，但是，后来的研究者们也逐渐认识到，张爱玲小说中有一种深刻的性别视点，这是许多作家所没有的。

一直以来，大家都在讨论女性与社会的关系问题，比如金钱的枷锁、比如对爱情的求而不得。傅雷也说过："爱情在一个人身上不得满足，便需要三四个人的幸福与生命来抵债。可怕的报复！"从《金锁记》可以看到，可怜人是如何折磨可怜人的。曹七巧本身很可怜，她的儿子和女儿也很可怜，但她却要从折磨他们中获得存在感和乐趣。自己不幸福，也不允许自己的孩子幸福，七巧最终由受害者变成了施害者。张爱玲最了不起的地方，就是她写出了可怜人的可恨之处。她意识到女性受害的际遇，不仅仅跟男性或者整个社会制度有关系，也跟女性对自身处境的理解和认识有关系。

在散文《谈女人》里，张爱玲曾写道："女人当初之所以被征服，成为父系宗法社会的奴隶，是因为体力比不上男子。但是男子的体力也比不上豺狼虎豹，何以在物竞天择的过程中不曾为禽兽所屈服呢？可见得单怪别人是不行的。"

今天，我们讨论的女性文学中的女性精神，不仅仅要看到女性的处境，还要认识到女性自身的问题。

放身边人到光明的地方去

距离张爱玲创作《金锁记》已经过去了七十多年，作为一个现代人，我们应该怎么做，应该如何去避免这样的悲剧发生呢？鲁迅曾经在《我们怎样做父亲》中说：

没有法，便只能先从觉醒的人开手，各自解放了自己的孩子。自己背着因袭的重担，肩住了黑暗的闸门，放他们到宽阔光明的地方去；此后幸福的度日，合理的做人。

这段话的意思是说，今天我们自身经验中是有一些黑暗，但我们不能把黑暗带给自己的身边人。要放自己的孩子、自己的女儿到宽阔光明的地方去，这才是真正的现代人和现代女性精神。女性对于家庭和子女影响深远,希望今天的女性都能够像鲁迅先生所说的那样,放自己、也放孩子们到光明与宽阔的地方去,不要让悲剧一遍又一遍地重演。

好了,关于张爱玲的《金锁记》就讲到这里,非常推荐你去读一读原著。

Tips

《金锁记》是张爱玲的代表作之一,创作于1943年,后被收入小说集《传奇》。小说讲述了小市民之女曹七巧,为了金钱嫁给了姜家残废的二少爷,从此在财欲和情欲的双重压迫下走向扭曲和疯狂的故事。在姜家,曹七巧爱上了她的小叔子,风流公子姜季泽,但后者并没有回应。获得经济自主权后,姜季泽找她却只图谋她的钱财,这令曹七巧心灰意冷,从此愈发疯狂。从来没有得到过爱情,因此也不许自己的儿女得到爱情。这把黄金的枷锁,不仅锁住了七巧,也锁住了她的孩子。

第十九讲　母亲是否也会被孩子的期待绑架

——李修文《女演员》

前两年，印象中北京的海淀妈妈、顺义妈妈，因为"鸡娃"而上过热搜，我们身边也能见到很多为了孩子能读好学校，辞职陪读的妈妈。母亲对孩子的期待，我们容易理解。但是反过来，不知道你有没有意识到，其实孩子对母亲也是有期待的，孩子的这种期待，也一样可以影响到母亲。

今天要讲的故事，就涉及这个问题。这是一篇散文，作家李修文写的《女演员》。

女演员的故事

故事里的主人公是个女演员,是一个曾经红过的女演员,用现在的话说,是个过气女明星。在这个故事里,她一直希望自己有一天能够接到好的剧本,东山再起。所以她努力讨好投资的老板,陪他吃饭、喝酒,甚至在老板母亲的葬礼上充当救场的歌唱演员。她太渴望得到老板投资的角色,太渴望当主角了,但她已经是四十岁的中年女人,年华不再,要想再次出现在大众面前,谈何容易。

故事里的"我"和女演员聊天,这个女演员说自己一直在找一个进入屏幕的机会,一直找不到。"我"就问她说:"你也红过,演技也还不错,你到别的组去试试小一点的角色,何苦非要死乞白赖地在这里待下去呢?"女演员盯着"我"看了又看,没有回答,转过身去像是要回自己房间的样子,然后猛然间一把抓住我的手,将我的手伸到她的左胸前:"答案就在这里。"我惊诧着想要缩回手,她却死死地按住:"这边的没有了。"她又用自己的手指点着右边的胸:"这边的还在。"女演员告诉"我",她得过乳腺癌,一边乳房被切除了,现在只剩下一只乳房。

女演员病了,这让人震撼,但是真正给人带来的震撼并不止于此。作品里接着说，女演员从小跟姨父姨母长大，生性孤寒，因为这孤寒，所以遇到丈夫的时候，自己明明很红，而丈夫当时其实只是一个跑龙套的小演员，她却丝毫不嫌弃。婚后多年，好不容易有了孩子，孩子出生后一年，女演员发现自己得了病。丈夫后来越来越红，跟她离了婚。最终，女演员成了一个被丈夫抛弃、健康又面临问题的中年女性，唯一的寄托就是自己的儿子，她一直希望儿子长大后，能跟自己说说话。

儿子真的大了，大到可以跟自己说话的时候，好不容易见上面，儿子却总说她懒。"你说你不懒，那么，你为什么不能像他们一样，演上戏，当上主演呢？"儿子又跟她说起自己的继母，她也成天不在家，她也成天在片场拍戏，而且全都是主演。女演员解释："我只是病了，不是懒。"但儿子不信，那你为什么不能像他们一样演上戏，当上主演呢？

儿子的质疑，对女演员构成了内在的巨大伤害：

> 时间长了，当她发现儿子怎么都听不进她说的话时，一股巨大的怨怼与愤怒之气也降临在了她身上，这怨怼与愤怒当然不是冲着儿子去的，它们甚至是冲着满世界去的……

她之所以千方百计地想要再次成为主演，都是因为儿子。女演员为了证明自己不懒，拼命地去找戏拍。也就是说，为了能向儿子证明她不懒，她不惜一切。而最为震惊的反转是，女演员在葬礼上唱歌的举动让投资老板非常感动，所以跟他们签了约，让她当女主角。但是签好约时，这位老板涉嫌向已经认罪的某位副市长行贿，直接被警察带走了。女演员也就此离开了。

故事的结尾，"我"无意间注意到一条新闻，这位过气的女演员去世了：

她确实是死了，但是，就算她死了，新闻上的主角也不是她：主角当然是那些来参加她葬礼的声名昭著的人，全都戴着墨镜，似乎红了眼眶，但是你永远不会知道，他们究竟是哭了还是没哭。翻遍了新闻里所有的图片，我并未能见到她的照片，哪怕连一张遗照都没有，但是，我知道，第二天的媒体上，她那些戴墨镜的故交，必将和他们每个人手持的一枝黄花一起，成为重情重义的化身。

这是荒诞的一幕，她没有能再次成为女主角，也没有能成为儿子渴望她成为的那个风光的母亲。

重新看待母亲和孩子的关系

这是篇散文，不是小说。据说这女演员确有其人。但它也不是一般意义上的散文，作家讲故事的时候显然运用了小说虚构情节的一些技法。作品里有一句话特别让人难忘，女演员对儿子说："我不是懒，是病了。"为了证明这一点，她不断地去拍戏，不断地向孩子来证明她不懒。这句话是进入这部作品的密钥，使我们认识到生活中非常重要的关系：母子关系。

我们一直认为母亲对孩子有期待，希望孩子成长，为此付出心血。我们也看到很多孩子说从母亲身上感受到了压力。而《女演员》这篇作品，叙述最重要的支点，则是它写出了孩子对母亲所构成的压力。

平常我们总是看到母亲对孩子的期待，实际上孩子对母亲的期待，也会对母亲产生影响。作品深刻地讲述了失婚的中年女性所面对的压力。母职是从内部生发的，母亲总希望自己成为孩子的榜样，总希望给孩子一个好的目标，于是，母亲和孩子之间的关系，某种程度上也会决定母亲会成为什么样的人。

她把他人的期待变成了内在的自我期待

女演员什么都不缺，但她被儿子的期待绑架了。一方面是孩子对她构成期待，另一方面是她内化了这种期待，把不断霸占热搜，霸占荧屏当作判断成功的标准。我们以为她在实现自我价值，实际上她在实现他人对自我的期待，把他人的期待变成了内在的自我期待。她把他人的认同，当作自我判断的标准，并且最终让他人的期待掌控了她所有的生活。

为什么我们要如此强烈地被自己的愧疚驱使，为什么不能为自己而活呢？当然，这种命运和遭际不仅仅在女演员一个人身上，这只不过是在女演员身上被戏剧性地放大了。其实在某种层面上，我们每个人身上都或多或少有她的影子。

想到前段时间看到的一个新闻，一个五十多岁的女性，抛下家庭去自驾游。她在访谈里说，结婚后的三十多年里，一直在照顾家庭，照顾孩子，好不容易等孩子结婚了，又要帮孩子带孩子，从来没有过自己的生活。——我们身边有很多这样的女性，她们都被父母、伴侣、子女的期待所绑架，努力扮演一个贤妻良母的角色，却忽略了真正的自我需求。而非常令人高兴的是，这位母亲勇敢地解放了自己，自己开车出游，自由自在，很不像我们想象的晚年女性。

这位自驾游的女性其实是我们的榜样——不再强迫自己活在别人的期待中，不再把自己的人生寄放在别人的目光里；逃离他人的期待，寻找自己真正想要的生活。

·Tips·

《女演员》首次发表于《收获》2019年第4期，是作家李修文所设专栏"致江东父老"中的一篇。故事中的"我"是一个籍籍无名的编剧，而主人公则是一个红过又不红的女演员。女演员落魄潦倒，却依然幻想着成为主演，而为了留在剧组，能当主演，她甚至不要自己的尊严和体面。后来"我"才知道，她之所以要如此这般，一方面在于她病了，另一方面则在于儿子对她的期待。女演员希望重新翻红，希望自己不让儿子失望。女演员的身世遭遇，折射出这个时代中年女性处境的艰难与困窘。

第二十讲　现代女性如何做到家庭与事业两全

——作家陈衡哲

不知道大家有没注意到，成功女性接受采访时总会遇到如何平衡家庭和事业这个问题，但很少有人会问男人这个问题，似乎他们天然不会有这个困扰。甚至于，即便是在事业上很成功的女性，如果她没有家庭，没有子女，就会被攻击，说她依然是失败的。另一方面，如果一个女性当了全职太太，专心教养自己的子女，又会被认为没有经济能力，缺乏事业心，同样是失败的。那么对于女性来说，成功的标准究竟是什么？

在事业和家庭面前，年轻的陈衡哲选择了事业

讨论这个话题，我想从文学史上一位了不起的女性开始说起。这位女性名叫陈衡哲。历史书上给过她很多定语：第一批公派留美学生，第一位大学女教授，第一篇白话小说的作者……这是属于她的多项纪录，尤其是1920年她进入北京大学任教，成为北京大学第一位女教授的经历，做到了现代教育史上的前无古人，也为北京大学招收女生开辟了道路。

今天看来，陈衡哲的人生是个传奇，而之所以是传奇，并非命运使然，是因为她自己一直试图成为"造命者"。作为出生于清朝末年的女孩子，人生中总要面对各种选择。比如是否裹脚，是否进学堂，是否按父母之命结婚。面对选择，陈衡哲总是能做出正确的决定。七岁时，她坚决不缠足。——如果缠足很痛又不方便走路，为什么要缠呢？她一次次脱下裹脚布。反复多次之后，母亲尊重了她的决定。接下来，不裹足的女孩子的未来在哪里？进学堂。舅舅告诉她，世界上有三种人，有一种是安命的人，有一种是怨命的人，还有一种是"造命"的人。很显然，"造命"这句话点燃了她的勇气。十八岁医学校毕业，父亲为她挑选了一个人品良好的年轻人做丈夫。她争

吵、哭泣、固执地反抗，却依然没有丝毫商量的余地。在最激烈的一次争吵中她晕倒过去，父母不得不认识到，女儿是真的不想结婚，因为她想保持自由，"以便实现自己在知识界发展的志向"。

不缠足、进学校、坚决不结婚，陈衡哲年轻时多酷啊。而更酷的是她二十四岁的时候。那是1914年，她看到了那张报纸：清华学堂第一次面向全国招生留美女生。四十多名考生中，她名列第二，毫无争议地成为第一批公派留美女生。

独来独往，意志坚强的女孩最终登上赴美轮船，她看到辽阔天地，崭新世界。那时候，陈衡哲的英文名字叫莎菲，她是著名的不婚主义者，典型的文艺女青年。有一张和女同学们在廊亭上的照片，她笑得露出白色牙齿，清末民初中国女性身上的自卑、害羞、张皇、不安，在她那里并不存在，她爽朗、笃定，身上有旺盛的生命力。

上大学之后，人生平顺，遇到了一生的伴侣任鸿隽。任鸿隽后来担任四川大学副校长，是著名的学者。1918年至1920年，还在读书的陈衡哲就开始在《新青年》发表诸多作品。她由一位文艺女青年成为五四新文学发生时期的主将，被视为新文化运动的先驱。

留美归来后，陈衡哲去北京大学当了历史系教授，成为中国历史上的第一位大学女教授。虽然后来因怀孕辞职回家，但也在努力著书立说。五年时间里，她两度怀孕、两度分娩，要熬过怀孕期、分娩期、哺乳期……最终完成了她一生中最重要的学术专著《西洋史》。枯燥的历史在她的笔下变得活泼生动，充满鲜活之气。胡适读后甚为振奋，评价说，"中国治西史的学者给中国读者精心著述的第一部《西洋史》""一部开山的作品"。著作一经发行便深受读者欢迎，三年之内再版六次。直到今天，这本书依然再版，依然被人阅读讨论，被认为是"民国时代最有才气的外国历史教科书"。

成为母亲的代价

最初，陈衡哲并没有清晰认识到她与她的男同学任鸿隽、胡适有什么不同，她的才华和勇气显然并不逊于他们。可是，成为母亲之后，她逐渐发现了"我"与他们的区别。作为女人，"你尽可以雇人代你抚育和教养你的子女，但你的心是仍旧不能自由的"。生了孩子的女人，注定要面对一个现实，要抚养那个小生命长大成人。

陈衡哲曾在一篇文章中说，结婚的影响在男人方面是很微弱的，但在女子方面却十分严重。男子绝不会因为做了父亲或是丈夫之后,在事业上发生什么根本的问题。但是女性做了母亲之后,她从前的志愿和事业,却是绝对不能一无阻碍地照旧进行了。她悲哀地发现,靠着金钱和地位,一个女性可以把管家的任务卸到他人的肩上去,但是抚育子女是没有旁人可以替代的:"因为我们须知道家庭的米盐琐事是一件事,神圣的母职又是一件事,同时,它是一件最专注的事业,你尽可以雇人代你抚育和教养你的子女,但你的心是仍旧不能自由的。"

在陈衡哲那个时代,胡适曾经有一个非常重要的观点,我们之前也提到过,叫作"超贤妻良母主义"。他提出,一个女性没有结婚,没有生孩子,依然有她的生命的价值。这个观点在当时很先锋,也很现代,今天看来也是对的。但在陈衡哲身上,我们却发现了口号下被遮蔽的问题。在别人看来,陈衡哲这样一个女性,她的家庭生活和学术事业已经平衡得很好,她婚后也有专著,也有很多文字问世。但如果我们仔细看她的生平年表和著作就会发现,成为母亲之后,她真正的学术创作力大幅衰退。

因为她不允许自己成为普通母亲。为了让孩子有更好的学习机会,她带着他们跑遍大江南北。战争年代,从庐山、汉口、广州、香港,一路把大女儿送到英国人办的著名女子学院,而后再带着她考到西南联大,但昆明炮火纷飞,又把女儿送回母校瓦萨大学(作为杰出校友,她有直系亲属享有免试和免费就学的福利)。东奔西走,颠沛流离,努力最终没有白费。作为母亲,陈衡哲很幸运,她的心血在孩子们身上得到了回报:大女儿任以都获得哈佛大学历史学博士,并且是宾夕法尼亚大学终身教授;儿子任以安获得哈佛大学地理学博士,1992年担任全美地质学会会长,而二女儿任以书从瓦萨大学毕业后回国在上海外国语大学任教授,20世纪80年代重返美国,在瓦萨大学担任翻译。

陈衡哲的女儿后来提起过她对孩子们的教育,孩子们看什么样的电影需要她先过目,如果内容不严肃,就不允许看。女儿到哪里看电影,孩子们出来见客人要怎样说话,都有严格的规定。孩子们对陈衡哲应该是又爱又怕,所以他们唤她叫"好娘"。

从世俗的眼光去看,陈衡哲是优秀学者和成功母亲。但她的身上依然有很多矛盾之处:起初,她认为一个女性的独立很重要,但结婚生子后,她又固执地认为贤妻良母是女性最重要的身份职责。不过,虽然她觉得良母贤妻是职责,她本身也成了一个好母亲,但是她对一些问题的看法也纠结。比如,当大女儿告诉陈衡哲,自己长大以后不外出工作,相夫教子也挺有成就感的时候,她勃然大怒,足足训了女儿一个多钟头，说她没志气。女儿后来回忆说："我已经想不起来她教训我的详细内容，但是她的教训，却使我深深明白，相夫教子的想法是不对的，从此再也不敢起这样的念头。"

女性成功的标准应该由自己来定义

那么，女性的成功是不是只跟事业有关系呢？母亲培养出了有成就的孩子，或者说在日常生活中，她把生活打理得很好，是不是也算一种成功？在今天的语境里，大家讨论什么是成功的女性时，都会认为在社会领域有非常好的影响和贡献的女性，是所谓的成功人士。但如果一个女性在日常中把自己的生活打理得很好，把孩子教育得很好，作为家庭主妇是否也有其价值呢？我认为应该是的。

我们处在一个现代社会，鼓励很多女性走出家庭，但我们不能忽视家庭之内的女性，包括带孩子的祖母、外祖母、钟点工阿姨。以往，我们对女性的价值判断通常来自是否对家庭有贡献，到了现代社会，我们通常是以社会层面来判断一个女性的价值。但是，对女性价值的判断不应该截然划分成两个层面，无论是家庭还是社会，两方面的贡献都应该被认可，我们可以不鼓励做家庭主妇，但做家庭主妇的人也不应该受到歧视。

最后，我想多说几句关于陈衡哲的成长。在她的身上，我们看到了职业女性与母亲身份的自我分裂。但是，即便如此，我还是想特别指出，无论是做学问还是做母亲，陈衡哲都是有勇气的女性。而正是这样的勇气，使她的人生极为不同。比如很小的时候，她对自我的想象便与其他女孩不同："不管怎样，我在童年时期的确雄心勃勃，我不是立志要穿比别人更漂亮的衣服之类，而是希望别人觉得我聪明、在学业上有前途。"不穿漂亮衣服意味着不以身体美丽而要以才智示人，这样的自我想象与自我建设最终成就了她。

所以，看陈衡哲的一生，只讨论她的命运和女性身份的撕裂是不够的，更重要的是她自身所显现出来的女性力量。1935年，陈衡哲用英文写成《一个中国年轻女孩的自传》，写到少女时代与恶仆斗智斗勇时，她说：

> 永远不要在狂吠的恶犬面前示弱。你得保持镇静和勇气，仿佛你是它们的女王，那么危险决不会发生在你身上。在人生的路途中，我凭借着这个自信的武器独来独往，至今还不曾遭遇到真正带来危险的恐吓。

你能想象到这是一百年前女孩子的生存经验吗？而这的确是陈衡哲为自己总结的人生道理。陈衡哲二十九岁时曾写下一首流传很广的诗句：

我若出了牢笼，不管他天西地东，/也不管他恶雨狂风，/我定要飞他一个海阔天空！/直飞到精疲力竭，水尽山穷，/我便请那狂风，把我的羽毛肌骨，/一丝丝的都吹散在自由的空气中！

这些话真是非常鼓励人。一个不断向上强大自信的女孩子，命运大抵会是不错的：要勇于在黑暗中摸索，要确信自己有力量。

·*Tips*·

陈衡哲（1890—1976），1914年考取清华留美学额后赴美，是中国第一批公派留美女生，在美国瓦萨学院、芝加哥大学留学，攻读西洋史、西洋文学，先后获学士、硕士学位。北京大学第一位女教授。在美留学期间，陈衡哲开始尝试文学创作。她以莎菲为笔名，创作了《小雨点》《运河与扬子江》等作品，发表在《新青年》等新文学主要刊物上，从此才名远扬，成为新文化运动中的重要女作家。学成回国后，陈衡哲被聘为北京大学教授，讲授西洋史，后出版《西洋史》一书，曾受到广泛关注。

第二十一讲　母亲形象的多样性

——邵丽《风中的母亲》

想到好母亲这个形象，我们总会想到某一类词语，比如勤劳、善良、朴素、任劳任怨，这几乎成为一种思维定式。当然，现在我们想到好母亲的时候也会想到另外一些时髦的词，比如辣妈，风风火火，无所不能。后者其实是对母亲形象的一种商业化包装。我想说的是，当我们说到母亲，只想到某一类型时，这代表了社会对母亲形象的固化想象。

其实世界上母亲的形象应该是多种多样的，就像我们在生活中所看到的那样。接下来我想讨论的小说，写的是一个不一样的母亲。小说名字叫《风中的母亲》，作者是邵丽。这是2020年发表的小说，被收入在我主编的《2020

年中国女性文学作品选》。

自然自在的母亲

《风中的母亲》以女儿的口吻讲述母亲的故事,也讲述了不一样的婆媳关系、夫妻关系、母女关系。这个母亲很美,在很多人看来,她除了长得美,几乎没有别的优点,她不会干家务,也不会做饭。用奶奶的话来说,妈妈就是一个"中看不中用的"。因为十里八乡长得出了名的好看,所以彩礼花了比别人多一倍的价钱,但因为爸爸喜欢,奶奶没有办法就同意了这门亲事。一开始奶奶叹气,媳妇什么也不会,但很快发现,妈妈其实也有优点。比如她在家里从来不问钱的事儿,一家老小吃什么穿什么都由奶奶说了算,家里的钱也都是奶奶管。邻居家婆媳关系鸡飞狗跳,而妈妈和奶奶关系很好。所以,奶奶总结出来,妈妈的最大优点在于省心。小说中写到,奶奶是在刮风的时候去世的,奶奶死的时候妈妈很胆小,她看都不敢看遗体,虽然很伤心,却不在众人面前表演哭泣。即使别人会说妈妈这样看起来不孝顺,但是妈妈并不在意。

母亲不会做饭,一辈子连个像样的饭都没给家里人做过。她老是买一筐馒头放在家里,家里人饿了会就着咸菜吃,所以孩子们跟着母亲生活就是啃馒头,或者泡方便面,或者是外面打工回来以后的爸爸做饭。这个妈妈没有母职压力,"为母则刚"在母亲这里也并不成立。二十岁生了女儿,三十岁生了儿子,一家人没怎么吃过好吃的,吃东西很随意。妈妈除了给孩子喂奶,其他的事情都不管,甚至女儿不想上学就不上学,什么都依从孩子的心意。后来,爸爸在工地上出了意外去世了,去世以后工头要赔一笔钱,别人也怂恿妈妈可以多要一些钱,但是妈妈并没有多要钱,觉得人家给了她一捆钱已经够多。

母亲很会挑衣服,她天然知道自己穿什么好看,妈妈会给自己的女儿买很好看的衣服。女儿后来特别能干,十五岁去打工,会炒菜会做饭,长大后找到了非常理想的对象,对象很好,女儿在婆家地位很高,后来就让妈妈到城里跟她一起生活。妈妈在城里喜欢上了跳广场舞,因为跳得好变成了领舞,人人都夸妈妈很美。婆家的邻居,一个各方面条件都很好的单身男人喜欢母亲,因为母亲好看也干净,想跟她结婚。女儿和婆婆也都劝说妈妈答应,但妈妈和他聊过后不同意,觉得跟他在一起不自在。

母亲回到村里,带着村里的女人们跳广场舞,成了新农村建设的主力军。上级领导来视察,想让妈妈发言,当妇女代表。妈妈穿了很好的衣服去表演,当大会主持人请妈妈发言时，小说里出现了戏剧性的一幕，母亲突然感觉到胃疼，疼得浑身打哆嗦，然后扩展到全身疼，胳膊腿都动不了了，不仅没发成言还闹了个大笑话。从此以后，母亲再不跳广场舞了。母亲后来很爱打牌，越来越懒。虽然自己不做饭，但是会花钱，她花钱下馆子，南甜、北咸、东辣、西酸什么都吃。村里边有人信主，有人信佛，都来找她要她加入。但母亲不加入，只过自己的日子。因为懒得动，她变得很胖。母亲后来喜欢站在广场上看人们跳广场舞，那些跳得特别起劲的人其实都是她的学生，以前不如她跳得好，但是她现在并不想加入。

小说的结尾是什么？有一天起风了，风越来越大，母亲给女儿打电话。她说，刮大风了。女儿就说"你赶快回家"。因为女儿的奶奶和爸爸都是在风中死的，所以母亲有点害怕。女儿在电话里安慰她说："妈妈，你赶快回家，你回家再给我打电话。"整个小说就这样结束了。

"躺平"的母亲

这部小说的母亲，如果用今天流行的词语来形容，便是"躺平"的母亲，是彻底拒绝"内卷"的母亲。这个母亲身上的缺点显而易见，懒惰、胆怯、无能，同时身上的优点也很明显，放松、自由、自在；虽然漂亮但也不想把自己的美貌变成阶梯，用以改变自己的一生，不想按外面的价值观改变自己。这个母亲如此随性如此佛系，活得如此漫不经心，但是又如此灵动和鲜活。当代文学史上，还没有一个作家这样写母亲。这是放自己自由、也放女儿和身边人自由的母亲，她不进入主流价值观，不争取那些所谓的世俗利益，就活在自己的小世界里。看起来没个性，但骨子里也非常有个性，拒绝标签，活得心安理得。给自己松绑的同时也给别人松了绑。这样的女性在今天非常少见，我们所见到的那种海淀妈妈，其实都是被螺丝拧得很紧的女性。

　　说到这里，我想到最近读到的虹影新长篇小说《月光武士》。那里也有个可爱的母亲，一个很彪悍但也清醒的母亲，她和儿子的关系放松而平等，母亲和儿子是一起成长的关系，也让人印象深刻。什么样的母亲是好母亲呢，并没有一成不变的标准答案，但母亲首先应该按自己想活的样子活，而不是为了某个标准或标签去活。一个好母亲，恐怕首先得做自己，自己放松、自在，身边人才会放松、自在。

诚实地面对写作对象

《风中的母亲》最迷人之处在于，作家写作态度的放松，她把这个女人当成了女人，一个瑕瑜互见的人来写，她用日常生活的逻辑看这位女性。母亲没有被戏剧化处理、没有被打上滤镜。而且小说的叙事语言也是娓娓道来的，以女儿角度写母亲，没有批判、没有抱怨、没有赞美、没有歌颂。她只是觉得母亲有趣，好玩儿，所以读者读起来生意盎然，兴致勃勃。

《风中的母亲》拓展了我们对什么是好母亲形象的理解，同时也拓展了我们对女性文学如何塑造女性形象的理解。女性文学不是专门歌颂女性美德的文学，也不是为女性带上光环的写作。它要表现那些女性身上好的，也要表现那些坏的，还要表现那些不好不坏、不黑不白、灰色地带的部分。作家面对笔下形象时，要尽可能贴近所要表达之物，不以之为奇，也不以之为异；要诚实表现写作对象。当然这种诚实不只是对女性。其实，书写男性的时候，也应如此，要把他当作真实的人去书写。真正深具性别意识的写作，就是要诚实面对写作对象，要超越我们常规的对性别的刻板理解。

Tips

《风中的母亲》发表于《当代》2020年第4期,曾获得《当代》年度中篇小说总冠军。小说以女儿的视角讲述了"我"母亲的故事。母亲除了长相美丽,似乎没有别的优点,和我们在传统的文学作品中所看到的伟大母亲形象截然不同。但与此同时,她活得自由自在,顺心而为,毫不在意他人的是非言论。母亲的处世态度也让身边人毫无压力,实在称得上是让人"省心"的母亲。小说的独特之处在于,邵丽用贴近日常生活的叙事塑造了富有生趣的母亲形象,打破了通常对母亲形象的刻板理解。

第六篇

女性传统

第二十二讲　关于"老祖母",我们知道些什么

——乔叶《最慢的是活着》

有件事记忆深刻,那大概是二十年前了。是个秋天的下午,我去逛颐和园,在廊亭下看到一位老奶奶,几位儿孙搀扶着她。她的头发全白了,在阳光下有一种光泽。老人很瘦小,腿是罗圈腿,脚是小脚,面容慈祥。看得出家里人在陪着她逛园子。很多游客来拍照,她很平静。我远远地看着,觉得她身上一定发生过很多故事。可是我们无从知道那些故事,我们看得到她,却不知道她经历过什么。

这一讲我想讨论的小说,名字叫《最慢的是活着》,讲的便是一个老祖母的故事,讲的是那些我们无从知晓的曲折动人的故事。

"重男轻女"的奶奶

《最慢的是活着》选择从孙女的角度讲述祖母故事。"我"自从有记忆开始,就知道奶奶不喜欢女孩子,她喜欢哥哥们。小孙女特别想在大床上跟奶奶睡觉,但是奶奶总带着二哥去睡大床。妹妹跟二哥之间只差三岁,但是她却不能上大床睡。有一天小女孩偷偷爬上奶奶的床,奶奶很生气,把她被子一掀,说"你下来"。孙女就求她说,"我占不了什么地方的,我只和你睡一次",但是奶奶坚决不同意。

奶奶从来不掩饰自己对男孩子的喜爱,谁家生了儿子她就说:"哎哟,添人了。"别人家生了女儿,她就会说,是个闺女。孙女分析奶奶这个话里的逻辑,儿子是人,闺女只是闺女。而如果这家娶了儿媳妇呢,奶奶就又说"进人"了。

孙子们说错了话,奶奶就不允许爸爸妈妈批评他们;但是对于女孩子,任何时候打骂都没有关系。比如说女孩子左手夹菜总是被奶奶打,奶奶跟她说,"你如果不换手将来怎么找婆家"。从这些细节里,我们可以看到奶奶是重男轻女思想严重的老人。

孙女越长越大，慢慢了解奶奶的成长经历了。奶奶年轻时家境很好，从小裹脚，怕疼，脚裹得不好，后来下嫁给了爷爷，并不是很好的婚姻选择。奶奶一开始生了个儿子，后来生了个女儿。但女儿遭遇了生活的意外，一个街坊举着她的女儿，逗着玩的时候失手把孩子摔到了地上，第二天孩子就夭折了，才五个月。父亲成了奶奶的独子，奶奶非常怕孩子死掉，怕养不活他，再后来，爷爷去世了，奶奶守寡，孤儿寡母过日子。到了晚年，爸爸也去世了，奶奶再次受到意外打击，白发人送黑发人，她痛苦地看到了儿子的死，当时就"哑"了。

深厚的女性情谊

奶奶老了，行动不便，孙女常去照顾她。祖孙俩之间越来越有感情了。孙女发现，奶奶对自己的身体很害羞。比如，北方人会到一个池子里去洗澡，奶奶洗澡之前会脱了上衣，但是一直不脱裤衩，脱的时候她要背过所有的人，偷偷地脱掉，非常苍老的时候也是如此。

孙女谈恋爱的时候不小心怀孕了，偷偷去做了手术。她没有告诉奶奶，但奶奶体贴地对她说，"你要喝红糖水"。孙女惊讶于奶奶的观察力，很感动，因为她并没有告诉过奶奶。奶奶越来越老,晚上她就可以跟奶奶一起睡了。她常跟奶奶聊天:"爷爷去世以后你有没有爱上过人?"奶奶就开始回忆,她在一九五几年的时候,爱过一个下乡的干部,也怀过孕,她自己走到城里偷偷打了胎,谁也没有告诉,假装什么事情都没有发生。

小说中间穿插很多回忆。比如奶奶当年不喜欢缠脚,奶奶做过村子里的妇女主任等等。后来奶奶更老了,耳朵不行了,躺在床上老是看不到两个孙子,只有两个孙媳妇和孙女来照顾她。因为两个孙子犯事儿被关在监狱里了。后来奶奶已经不说话了,但她总会挣扎地说"嫁了,嫁了"。孩子们不知道她为什么会说嫁了,到底是谁嫁了呢,大家都不明白。有一天孩子们忽然明白了,大概奶奶发现大哥和二哥不来看她,她以为两个人死了。在她的逻辑里,既然孙子已经死了,孙媳妇们就不要在这里了,"嫁了"。这是奶奶对孙媳妇们的嘱咐,这样的嘱咐,让人想到她当年没有再嫁所受的无人知晓的苦。孩子们在奶奶临终前告诉她,她的孙子们都活着,在监狱里边关着呢,奶奶听完就去世了。

奶奶是复杂的形象,一方面她身上有着浓重的封建思想,但另一方面,她又有着对女性晚辈们的疼惜,那是一种宝贵的女性情谊。小说在奶奶去世后荡开了一笔,写到孙女的感受。有一天孙女在县城里看到一位乡村老妇人穿着雪白的袜子，小脚，她就上前问她"您老高寿"，老人说八十六了。孙女就在心里想，她比奶奶大还是小。孙女越来越想了解奶奶的小脚，于是她去图书馆查了很多资料，也看到古代寡妇们如何守节——深夜里睡不着，她们会在地上撒一百个铜钱，一点一点弯下腰去摸，让自己特别累了后再睡觉。叙述人不断地闪回，渴望去追溯祖母曾经的那些经历。

结尾则是这样的：

我的祖母已经远去。可我越来越清楚地知道：我和她的真正间距从来就不是太宽。无论年龄，还是生死。如一条河，我在此，她在彼。我们构成了河的两岸。当她堤石坍塌顺流而下的时候，我也已经泅到对岸，自觉地站在了她的旧址上。我的新貌，在某种意义上，就是她的陈颜。我必须在她的根里成长，她必须在我的身体里复现，如同我和我的孩子，我的孩子和我孩子的孩子，所有人的孩子和所有人孩子的孩子。

——活着这件原本最快的事，也因此，变成了最慢。生命将因此而更加简约、博大、丰美、深邃和慈悲。

这多么好。

我们的祖母,我们的传统

　　读完这篇小说,我相信每个人都有自己的感慨。我们可以轻易地去批评奶奶当年的重男轻女给小女孩儿带来的成长阴影,但是,同时我们也要看到另一种美好也在奶奶身上,她对于女性身份的体认、帮助、呵护。女性与女性之间那种深厚的情谊和懂得,在奶奶身上也同时呈现:她劝她的孙媳妇们要再嫁,而这样的遗言背后又有多少苦楚。

　　从奶奶身上,我们可以看到20世纪中国女性生命中所遭遇的种种:小脚、守贞、守寡、社会主义建设、成为妇女主任……奶奶吸纳了生命里那些好的,也吸纳了那些不好的;我们看到那些毒素在奶奶那一辈身上浸染,同时也看到那些甜蜜的,蜜汁一样的营养。作为晚辈或孙辈,我们既受到她们某种方面的"残害",同时也受到她们某些方面的"滋养"。

　　作为今天的我们,如何看待这位"老祖母"?小说中孙女一开始是不理解的,有很多困惑,但是慢慢地,她理解了。她开始明白,奶奶其实就是自己的根,自己身上流着她的血。孙女最终和祖母达成了和解。

《最慢的是活着》使人重新思考如何面对女性传统。今天新一代的写作者，都是女性解放运动的受益者，我们可以轻易地批驳我们的"老祖母"写得没那么好，但是同时也要了解，我们是从她们那条河里长出来的。也包括我们今天的生活方式，我们之所以不用裹脚，之所以能够自由恋爱，和我们祖母们的受苦、她们的隐忍有很大关系。老祖母的命运就是一条河，从这条河里，我们照出了一百年来女性解放时走过的路。小说最后其实也试图使祖母这一形象深具象征意味：

> 为什么啊，为什么每当面对祖母的时候，我就会有这种身份错乱的感觉？会觉得父亲是她的孩子，母亲是她的孩子，就连祖父都变成了她的孩子？不，不止这些，我甚至觉得村庄里的每一个人，走在城市街道上的每一个人，都像是她的孩子。仿佛每一个人都可以做她的孩子，她的怀抱适合每一个人。我甚至觉得，我们每一个人的样子里，都有她，她的样子里，也有我们每一个人。我们每一个人的血缘里，都有她。她的血缘里，也有我们每一个人。——她是我们每一个人的母亲。
>
> 不，还不止这些。与此同时，她其实，也是我们每一个人的孩子，和我们每一个人自己。

《最慢的是活着》的魅力在于使我们从中认识了现实中的日常的祖母形象，但也认出了象征意义上的"祖母"，它让我们重新理解女性传统，重新认识我们习焉不察的遗产和财富。

·Tips·

《最慢的是活着》原载于《收获》2008年第3期，后获得第五届鲁迅文学奖。小说讲述了一段孙女和祖母之间的动人故事：重男轻女的祖母在幼年时期不喜欢"我"，为此"我"多次和奶奶顶嘴、置气。在长大成人的过程中，奶奶见证了"我"的工作、恋爱、堕胎、结婚生子，"我"了解到奶奶裹脚放脚、嫁给爷爷后又守寡、爱慕下乡干部却最终堕胎、因为烈属身份当妇女主任等诸多经历。小说中，祖孙两代女性命运交错映照，我们得以看到生命在痛楚与慈悲中绵延不息、博大深邃。

第二十三讲　女性写作的多种可能

——李娟《我的阿勒泰》

说起"女性写作",我们马上会想到所谓的"控诉型写作",也会想到"身体写作""个人化写作",这些都是对女性写作的通常印象。事实上,有一些女作家深具女性精神,可我们几乎很少把她当作"女性写作"。因为那实在和我们通常所说的"女性写作"不一样。2019年3月,我在《十月》"新女性写作专辑"导语里提到了"新女性写作"的概念,我认为之前的"女性写作"被标签化了,实际上女性写作所覆盖的范围应该比我们印象中的更为宽广。在这个背景之下,我想聊聊李娟的散文写作。

远方的女性生活

我要坦率地承认，我读李娟的文字时内心满是惊奇，有如在春天突然看到漫山遍野的山桃花一样，是惊讶中带有喜悦，感慨时忍不住想赞叹。她的文字卓尔不群，很迷人，开篇方式殊为独特。"我在乡村舞会上认识了麦西拉。他是一个漂亮温和的年轻人，我一看就很喜欢他。"（《乡村舞会》）"在库委，我每天都会花大把大把的时间用来睡觉——不睡觉的话还能干什么呢？"（《在荒野中睡觉》）"我听到房子后面的塑料棚布在哗啦啦地响，帐篷震动起来。不好！我顺手操起一个家伙去赶牛。"（《赶牛》）她的开头总是那么直接，是属于年轻女子独有的天真之气，自然、率性，而非矫揉造作。

李娟的叙述声音非常有辨识度，那是年轻的女孩子的声音，是和辽阔的大自然在一起的声音。李娟一直生活在疆北阿勒泰地区，她陪伴母亲，以裁缝和小杂货店为生。她们随牧民们在辽阔之地辗转，从这里到那里。我尤其喜欢她写外婆和妈妈的文章，叙述人是女儿，是外孙女，娇憨、生动，但又深情。她离开家，把兔子或小耗子留给她们，她们跟这些小动物说话，就像跟她说话一样。

"兔子死了的时候,我妈对我说,以后再也别买这些东西了,你能回来,我们就很高兴了。我外婆对我说,以后再也别买这些东西回来了,死来可怜得很……你回来了就好了,我很想你。"

"又记得在夏牧场上,下午的阳光浓稠沉重。两只没尾巴的小耗子在草丛里试探着拱一株草茎,世界那么大,外婆拄杖站在旁边,笑眯眯地看着。她那暂时的快乐,因为这'暂时'而显得那样悲伤。"(《我所能带给你们的事物》)

她写得自然平实,但自有一股魔力,将日常生活细微变得甜美而温暖。即使她们生活得并不富裕,但那样的温暖和良善像长在田野里一样,有着茁壮生机。事实上,那是多么有趣可爱的外婆啊,年迈的她拄着拐杖天天赶牛,一扭身牛们又来了,她便和那些动物们说着话,唠着嗑。那又是多么坚忍而又乐观的母亲,她辗转生活,卖木耳,开修鞋店。"有一天,妈妈也独自一人走上那条路。她拎着小桶,很久以后消失在路的拐弯处。等她再回来时,桶里满悠悠地盛着洁白细腻的酸奶。"

李娟作品里,母女关系、祖孙关系是完整的,但"父亲"几乎不存在,同时也并不作为被憎恨或者怀念的对象。面对阿勒泰，作为汉族姑娘，李娟其实依然有强烈的陌生感。她出生于新疆，但她的老家大概是在南方："我在新疆出生，大部分时间在新疆长大。我所了解的这片土地，是一片绝大部分才刚刚开始承载人的活动的广袤大地。在这里，泥土还不熟悉粮食，道路还不熟悉脚印，水不熟悉井，火不熟悉煤。在这里，我们报不出上溯三代以上的祖先的名字，我们的孩子比远离故土更加远离我们，恐怕再在这里生活一百年，我仍不能说自己是'新疆人'。"

在异乡，年轻女子分明感受到了某种寂寞，天地因这寂寞而变得有了表情。"无论如何，春天来了。河水暴涨，大地潮湿。巨大的云块从西往东，很低地，飞快地移动着。……这斑斓浩荡的世界。我们站在山顶往下看。喀吾图位于我们所熟悉的世界之外，永远不是我们心里的那些想法所能说明白的。"对故乡的想念使眼前的一切变得陌生而新鲜，这激发了李娟的书写热情。乡愁和异乡感混杂在她笔下的阿勒泰并成功地发酵，产生了令人惊异的化学反应。

李娟的讲述，实际上是在从女性角度追溯女性家庭传统的过程。比如："哪怕到了今天，半个多世纪过去了，离家万里，过去的生活被断然切割，我又即将与外婆断然切割。外婆将携着遗失的记忆死去，使我的故乡终究变成一处无凭无据的所在。"对她而言，故乡源于外婆和母亲的反复叙述。所以，她对女性家族的传统梳理得非常自然，但这种传统，也不是为了抵抗什么而建立。

　　年轻女孩会感受到某种独在异乡的寂寞之感。但读者不会觉得她的生活需要一个男性，一个男朋友或是一个父亲。进而她的作品展现了一种奇异的亲和力，她和她所在的土地融在了一起。异乡感和寂寞并没有使她与脚下的土地疏离，反而使她保持了对阿勒泰的新鲜。她与她生活的土地并不"隔"。事实上，李娟的文字气息中对身处的土地有种纯粹的信任。（这信任多么的重要！）她爱并理解这里的土地，理解他们的信仰和生活方式。她看这片土地的视角，她和这里人们的关系应该被重视。作为汉人，这个姑娘从不自认自己是这片土地的启蒙者，她良善的与人沟通的能力让她和这片土地融为了一体。她的文字中有很多有趣的互相学习语言的事情。比如妈妈会教来买香烟的哈族小伙子管"相思鸟"叫"小鸟牌"，比如一个姑娘来买"砰砰"，其实那是白酒。妈妈教哈萨克族人管木耳叫"喀啦（黑色）蘑菇"，管金鱼叫"金子的鱼"，管孔雀叫"大尾巴漂亮鸟"。这是多么有趣的学习和沟通！借由李娟的文字，作为生活和生存的疆北展现了与我们通常文学意义上不同的纸上乡原，与边城、呼兰河、高密东北乡相比有非常不一样的面向，它丰美又富饶，神秘又热情。在李娟既天真又有情感爆发力的文字之下，一个富有象征意义的阿勒泰世界正日益显露出光芒。那是一个女性眼中的大自然，一个女性眼中的情感世界。

女性文学传统的多样性

我知道很多人从李娟的文字中会想到萧红，当然，李娟更明朗单纯，但也还是有相似之处的。萧红喜欢用描写自然的方式描写人民的生存，大自然和牛羊在萧红那里都不是点缀或装饰，而是写作的核心，是她作品中带有象征意义的光。我想到伍尔芙评价艾米莉·勃朗特说的，当我们在她的文字里体会到某种喜悦或忧伤时，不是通过激烈碰撞的故事，不是通过戏剧性的人物命运，而只是通过一个女孩子在村子里奔跑，看着牛羊慢慢吃草，听鸟儿歌唱。李娟的文字也令人想到这些。

尽管书写一个非传奇性、非戏剧化、非风光化的新疆已然是李娟带给当代文学的新气象，但是，我们依然应该深刻认识到，构成李娟文字独有之美的是，在这个女青年身上，葆有对大自然的美好情感，她天然地具有与大自然、与土地、天空以及动物和谐相处的能力,她依凭这样的能力使她和她生长的那块疆北土地唇齿相依,也使自己的写作接上了地气和人气。换言之,李娟通过一个女性的声音和女性的视角,书写了人和大自然、和整个世界的情感关系。

写作是作家从生命经验中挖掘宝藏。最近几年我们看到,喜欢写美好清澈世界的女性,开始书写成长。作家重新返回内心。《冬夜记》是童年记忆里对青春的憧憬。"我是矮小黯然的女童,站在柜台后的阴影处,是唯一的观众,仰望眼前青春盛况。"回到敏感的内心世界。"然而我也说不清何为青春。只知其中的一种,它敏感、孤独、光滑、冰凉。它是雪青色的,晶莹剔透。它存放于最冷的一个冬天里的最深的一个夜里,静置在黑暗的柜台中。它只有花生大小。后来它挂在年轻的胸脯上,终日裹在香气里。"一个女童突然长大了,身体幼稚,但所想辽远。"我困于冰冷的被窝,与富蕴县有关的那么多那么庞大沉重的记忆都温暖不了的一个被窝。躺在那里,缩身薄脆的茧壳中,侧耳倾听。似乎一生都处在即将长大又什么都没能准备好的状态中。突然又为感觉到衰老而惊骇。"

还有对未知的惊恐。"巨大的未知与本能的希望一路紧随,前后翻腾,是命中自带的大风大浪。一时恐惧,一时狂喜。怎么也停不下来。我知道一停止奔跑，一安静下来，四面八方的伏击物就会扑上来。"

风景不再是迷人的，甚至也不再是通常意义的美。李娟的散文世界里，女性的内心越来越复杂，其中有对死亡的恐惧，有对苍老的躲避。她在由内而外地重建属于她的美的世界。读李娟写"长大成人"的文字，感受是复杂的，五味杂陈。但是，正是在这种让人五味杂陈的文字里，李娟写出了人与所处之物的共通，人与动物习性的某种相近。重要的是如何与内心安稳相处。李娟最近的文字表明，她正在艰难地从自身分泌出一个新的自己——一个成长中的人在回头看那个惶惶不安的女童。没有人可以永远躲在无忧无虑的少年记忆里。李娟让人惊喜处在于她找到了一种既沧桑又童稚的调子。对于这位年少成名的作家而言，最大的美好便在于成长已至，蜕变已来。

女性写作的可能性

李娟写作气质独特之处在于，她看起来不是女性写作，但其实内在里又深具女性精神。以往的很多女性散文，习惯从两性关系或者家庭内部去书写，去理解人与人之间的关系，但是，李娟不同。她写母亲和外婆，写人与人的关系,却绝不止步于此,阿勒泰给了她深广的背景与视野。读李娟的散文,我多次想到伍尔芙在《一间自己的房间》中对"莎士比亚妹妹"的期许,那已是九十多年前了:

> 假如我们惯于自由地、无所畏惧地如实写下我们的想法;假如我们能够躲开共用的起居室;假如我们不是从人与人之间的相互关系,而是从他们与现实的关系出发去观察人;对天空,对树木或无论什么东西,也是从它们本身出发去观察;假如我们的目光越过弥尔顿的幽灵,因为不管什么人,都不该挡住我们的视野;假如我们面对事实,只因为它是事实,没有臂膊可让我们倚靠,我们独自前行,我们的关系是与现实世界的关系,而不仅仅是与男人和女人的关系,那么机会就将来临,莎士比亚的死去的诗人妹妹就将恢复她一再失去的本来面目。她将从那些湮没无闻的先行者的生命中汲取活力,像先她死去的哥哥一样,再生于世间。

这段话里,当然是伍尔芙对女性写作的期许,但更包含了女性写作的多种方向与可能。李娟的写作,跟伍尔芙的畅想是有相近之处的。她的文字早已跳出了男女二元对立的思维方式,作为作家,她把人或女性的生存放到与大自然的关系中进行思考。虽然这位作家无意于彰显女性的声音或者女性的视角,但实际上,她已经建立独属于她的女性气质。

·*Tips*·

李娟是当代新一代散文家。主要代表作品有《羊道》三部曲、《我的阿勒泰》《遥远的向日葵地》和《记一忘三二》等。在散文中,李娟经常会书写两个女性形象,那就是母亲与外婆。她们的形象因为与大自然紧密接触显得质朴,富有原始力量。在李娟的笔下,女性并非一味困囿于男女关系和家庭关系中,我们可以看到女性更广阔的生存空间。李娟的散文,拓展了我们对女性文学和当代散文写作的理解。

结　语　如何理解女性的价值

看到一个有意思的掌故。当年报道萨特去世的消息时，一些报纸提到波伏瓦，一些报纸没有提到。没有提到波伏瓦，萨特的贡献似乎也并没有减少。波伏瓦去世以后，她和萨特的关系，或者她作为萨特的伴侣、情人在她的讣告里被反复提及。似乎是，有了萨特，波伏瓦的影响力或者她的存在意义才能得到凸显。无论东方还是西方，公众判断男人的成就和判断女人的成就时所内在使用的标准、所取的立场有明显差异。

想到本书中提到的那些中国文学史上的著名女性，比如张爱玲、林徽因、丁玲、萧红，几十年来，媒体关于她们的讨论无一不与她们的私生活、她们的情感、她们的婚姻有关。人们为她们计算人生得失，为她们的人生复盘，恨不得像算命先生一样为她们指点情感迷津。关于林徽因，我们热衷于她和梁思成、徐志摩的关系；关于张爱玲，我们喜欢讨论她和胡兰成什么时候相爱什么时候分手，分手之后怎样；关于萧红的讨论同样如此，萧军为什么抛弃了她，她与鲁迅、她与端木、骆宾基……

在热闹的讨论中，我们只看到作为沙龙女主人的林徽因，却没有看到这个女性为中国建筑史所作出的贡献，却未曾想过这个女性并不畏惧孤独，她终其一生都在尝试写出最满意的"那一本"；我们只看到萧红与好几个男人擦肩而过，却看不到她的才华远胜过他们中的任何一个——虽然只活了三十一年，但她的文字却比那些奚落过她的男人更有文学史地位……在专业领域里，这些女性有令无数人、无数男人难以望其项背的成绩，而我们讨论她们的人生时，却对这些成就视而不见。

无视人精神世界的复杂性，无视女性的独立存在价值，这是我们时代理解女人的痼疾。当我们讨论那些女作家的爱情选择时，是把一个女人的生存价值等同于是否能和男人厮守一生；是把情感生活完满当作评价一个人价值的最高甚至是唯一准则；是把"她"绑在婚姻和家庭的价值系统里。这样的理解角度、这样的判断标准多么值得反思。

如果一个女性不是妻子、不是母亲，她是否有存在的价值？回答是肯定的，正如同世界上任何一个男性，他不成为父亲，也不是丈夫，他也有存在的价值和意义一样。这几乎成为常识。但是，在讨论到一些具体女性的成就时，我们却常常忘记了常识，这让人深为遗憾。

《对镜：女性的文学阅读课》讨论的女性生活、女性情感、女性生存样态，其实都是基于常识的理解，但确认常识也需要勇气。成为一位深具独立精神的女性，要远离世俗，只有从精神上保持真正的独立，才能真正具有女性精神。

致 谢

感谢这门课的四位年轻听众、也是我的硕士研究生孙莳麦、霍安琪、吴旦、王禄可同学，难忘我们在一起讨论女性文学课的美妙时光，他们富有活力的建议给了我许多启发和思考，同时，也感谢他们对此书稿所做的文字整理工作。感谢何杰杰小姐给予的帮助，感谢化城和我交谈时为此书所起的书名"对镜"。

感谢花城出版社的张懿社长和我的责任编辑杜小烨、欧阳佳子女士，没有她们的努力，就没有这本书的问世。